追星　和刘雪枫一起听音乐

刘雪枫 —— 著

声音中不能
承受之轻

北京大学出版社
PEKING UNIVERSITY PRESS

图书在版编目（CIP）数据

声音中不能承受之轻／刘雪枫著．—北京：北京大学出版社，2012.5
（和刘雪枫一起听音乐）
ISBN 978-7-301-19931-2

Ⅰ.①声… Ⅱ.①刘… Ⅲ.①随笔－作品集－中国－当代 Ⅳ.①I267.1

中国版本图书馆CIP数据核字(2011)第265263号

书　　　　名：	声音中不能承受之轻
著作责任者：	刘雪枫　著
策划编辑：	梁　雪
责任编辑：	梁　雪
标准书号：	ISBN 978-7-301-19931-2/I·2426
出版发行：	北京大学出版社
地　　　　址：	北京市海淀区成府路205号　100871
网　　　　址：	http://www.pup.cn
电子信箱：	pkuwsz@yahoo.com.cn
电　　　　话：	邮购部 62752015　发行部 62750672　出版部 62754962
	编辑部 62762022
印　刷　者：	三河市欣欣印刷有限公司
经　销　者：	新华书店
	880mm×1230mm　A5　7.875印张　166千字
	2012年5月第1版　2012年6月第2次印刷
定　　　　价：	25.00元

未经许可，不得以任何方式复制或抄袭本书之部分或全部内容。
版权所有，侵权必究
举报电话：010-62752024；电子信箱：fd@pup.pku.edu.cn

目录

001/ "继续永远"的切利
008/ 声音中不能承受之轻
014/ 诺灵顿爵士的"新"莫扎特
018/ "命运夺走我们的一切"
025/ 完美的结局
030/ 德国小提琴学派的最后大师
034/ "荷兰之宝"贝努姆的遗产
039/ 被严重忽视的"钢琴教父"
043/ 大提琴祖母"惊艳重现"
048/ 缅怀"小巨人"吉列尔斯
055/ 独一无二的卡拉扬
060/ 卡拉扬的背影
064/ 他一个人就代表了一个时代

068/ 一个时代的终结
072/ 大提琴总是带来悲伤
076/ 探究隐秘世界的音乐"魔法师"
081/ 拒绝肖邦和拉赫马尼诺夫的钢琴家
091/ 浪漫主义音乐的抒情诗人
098/ 波利尼的肖邦"新境"
103/ MTT——我们时代的马勒代言人
110/ 阿巴多的"最后一口气"
115/ 唯美主义的"里卡多"
122/ "青春无悔"阿巴多
126/ "金童玉女"的"风景线"
131/ "全新"贝奇科夫
137/ "祖宾宝宝"七十啦

144/ 脱胎换骨的萨洛宁
148/ 雅科布斯的古乐世界
153/ "长笛皇后"苏珊·米兰
160/ 穆特的"现在时"
164/ 穆特的"莫扎特计划"
170/ 安妮-索菲·穆特"新声"
174/ "大提琴圣徒"里恩·哈莱尔
178/ 我们曾经拥有多么伟大的圆号
182/ 多明戈的瓦格纳情结
190/ 唯美的叙述者和诗人

197/ 歌唱大师的早期录音
201/ 正直而朴素的歌者
208/ 彼得·皮尔斯的传人
212/ 无可抵挡之魅
217/ "黑色维纳斯"的辉煌岁月
221/ 通过聆听缅怀不朽的声音
225/ 我们时代的"施特劳斯演唱者"
230/ 英雄凯旋归
234/ 当代乐坛"四杰"速写

"继续永远"的切利

七八年前,当我第一次听到切利指挥的贝多芬、勃拉姆斯和布鲁克纳,还有莫扎特、海顿、舒曼和拉威尔,我对音乐诠释观念的理解发生了重大改变,对于一位狂热的音乐爱好者来说,当时的感觉就是拔经洗髓,脱胎换骨,由此我坚信我的一生只要不离开音乐,就必定有切利陪伴。

实在想不出更贴切的题目,"永远"一词已经被使用得太多,但伟大的切利比达克仍然最有资格担当这两个字。时隔七年,我再次被切利的音乐击倒,再次在他的音乐沐浴中心醉神迷,欲仙欲死。我原以为那套 EMI 版的布鲁克纳是切利最后的遗产,因为在它问世五年多的时间里,除了一张他和巴伦波伊姆的钢琴协奏曲唱片偶一露面之外,再也没有任何消息。为此我问过唱片公司的人,既然切利在指挥慕尼黑爱乐乐团期间几乎留下全部在嘉斯台爱乐大厅的音乐会录音,为何 EMI 的唱片出版行动中断了?回答是首先版税太高,切利的儿子赛尔吉为了给切利的音乐教育基金会筹资,向唱片公司狮子大开口;其次是销售方面不很理想,并非所有的爱乐者都喜欢切利,切利生前极为狂妄,口无遮拦,得罪的大腕太多,而后者的录音又偏偏占据唱片市场的半壁江山。所以,尽管切利已经获得评论界以及绝大多数他曾经指挥过的乐团乐手的绝对赞扬,但是从音乐的绝对人口方面考量,他仍属毁誉参半,甚至"毁"多于"誉"。

　　我在七年前写过关于切利的专题文章,对他在慕尼黑爱乐乐团期间的音乐会录音唱片给予由衷的毫无保留的赞美。今天我仍然认为,七八年前,当我第一次听到切利指挥的贝多芬、勃拉姆斯和布鲁克纳,还有莫扎特、海顿、舒曼和拉威尔,我对音乐诠释观念的理解发生了重大改变,对于一位狂热的音乐爱好者来说,当时的感觉就是拔经洗髓,脱胎换骨,由此我坚信我的一生只要不离开音乐,就必定有切利陪伴。

　　七年来,切利的伟大与神话始终处于我持续深入的认识当中,在此期间,我读到更多关于切利的书和文章,认识了几位曾经与切利共事近十年的慕尼黑爱乐乐团的乐手，还与切利的学生及追随者进行过交流，并亲耳听取了当代几位著名指挥家对切利的评价。令我欣慰的是，切利正在越来越广的范围内得到日益增量的认同，在音乐的表现上，他也越来越接近终极目标。

这批新发行的切利录音当中，既有众乐迷翘首以待多时的传奇演出弗雷的《安魂曲》和巴赫的《B小调弥撒》，也有专属切利独家诠释风格的米约的《玛林巴协奏曲》和普罗科菲耶夫的两首交响曲。从总共十五张唱片的曲目分布上看，声乐作品占据相当比重，不仅一口气推出威尔第、莫扎特和弗雷的《安魂曲》，还有斯特拉文斯基的《圣诗交响曲》和巴赫的《B小调弥撒》，如果再加上七八年前出版的勃拉姆斯的《安魂曲》和布鲁克纳的《F小调第三号弥撒》以及《感恩赞》，那么在最重要的乐队与合唱作品方面，我们真是再无所求了。当然，只要是切利指挥的音乐会，每一场都是"唯一"，而我们实在有必要也非常渴望能够在同一曲目上多听几种录音，那一定是相当奇特的聆听体验。

切利继续在所有他诠释的曲目上给我们激动与惊喜。一首《奥伯龙》序曲，一首《伏尔塔瓦河》，一首《罗莎蒙德》，就让我们领略到从未有过的万千气象，纷呈异彩。不论是叙述、挖掘还是铺陈，切利都有独到的句法、与众不同的呼吸节律以及与大千宇宙取得无比协调的和声关系。他从精神和生理两个层面都把你牢牢控制住，用他的节奏框住你的节奏，让你如丢了魂魄般随他而去。

在听他的瓦格纳《帕西法尔》中的"神圣礼拜五的音乐"时，

我陷入真正的宗教迷狂当中,我想,如果瓦格纳生前能够听到这样的声音该有多满足多幸福啊。当然,切利对瓦格纳是持保留看法的,他尤其不能容忍将诗与音乐等同的观点,所以他对瓦格纳的诠释仅限于几首歌剧中的管弦乐,比如《纽伦堡的工匠歌手》和《唐豪瑟》序曲,《众神的黄昏》中的"齐格弗里德葬礼进行曲",《帕西法尔》中的"神圣礼拜五的音乐",《特里斯坦与伊索尔德》第一幕前奏曲和"爱之死",还有一首《齐格弗里德牧歌》。在这几首作品当中,境界最高也最具有震撼力的两首正在最新发行的这张专辑里,除了"神圣礼拜五的音乐"外,《特里斯坦与伊索尔德》的两段音乐呈现出真正"天人合一"的意境,足以令听者"灵魂出窍",心驰神游。这又是一个"终结版",一个连瓦格纳都无法想象的结局。

据权威评论家反映,切利最值得称道的是法国与俄罗斯音乐,也就是说处理音乐的色彩是他的拿手好戏。相对于他本人最引以为傲的布鲁克纳、勃拉姆斯和贝多芬,评论界对他的评论各执一端,德彪西、拉威尔、柴科夫斯基、里姆斯基-科萨柯夫和斯特拉文斯基在切利的解读下呈现出前所未有的新局面,这一点已为世所公认。新专辑中的柴科夫斯基第四交响曲是六年前第五和第六的补充,切利重点挖掘了柴科夫斯基在管乐使用上的独特思维,将其与弦乐的关系处理得更加有机,不仅丝丝入扣,而且各有表情,比例与距离妙到毫巅。毫不夸张地讲,对于第一次听这张唱片的人来说,这完全是一部新作品,一部脱离了柴氏"低级趣味"的足以与勃拉姆斯媲美的高格调交响曲。正如切利所说,在管乐的运用中,勃拉姆斯比起柴科夫斯基就显得业余了。

在DG出版的切利指挥斯图加特广播交响乐团的唱片中，有一个里姆斯基-科萨柯夫的《舍赫拉查达》，1982年的演出用时四十九分钟，但是两年之后在嘉斯台爱乐大厅指挥慕尼黑爱乐乐团的演出却延长了六分钟。这放慢的六分钟乍一听来确有肆无忌惮的倾向，似乎乐曲的平衡被打破了，自发的激情变成孤芳自赏的迟疑，甚至故事内容和异国情调都不复存在。但是，就音乐本身而言，不仅结构变得宏大凝重，而且色彩表现也更加华丽繁复，场景拉开了，背景更深了，这是前所未有的铺张与奢华，它层层叠叠，眼花缭乱，亦真亦幻。切利再一次突破了底线，过足了编制音响层次以及构造旋律节奏的瘾。大概也只有《舍赫拉查达》才能够让他如此肆意妄为，昏天黑地。

本套专辑中其实最令人惊奇的是米约的《玛林巴协奏曲》，这可以看做是切利对慕尼黑爱乐乐团的定音鼓手彼得·萨德罗的一种感恩和奖赏。据说，每当萨德罗在演奏中心领神会地将鼓槌轻柔地与鼓面接触并连续保持极弱时，那奇妙的沉静往往将切利感动得要死。他多么希望每一位乐手都能有萨德罗这样的悟性，他毕生追求的音乐就是能拥有这梦一样的瞬间。于是，切利要为萨德罗开拓一个空间，让他的表现成为聚焦的核心。《玛林巴协奏曲》因为有了1991年的这次演奏而名扬天下，萨德罗作为打击乐手的NO.1地位得到确立，切利与萨德罗的心意相通而呈现出的美妙音响，正如他和米凯朗杰利演奏的拉威尔和舒曼一样，体现了和谐的极至，呼唤与回应的极至，空谷足音的极至。

切利远离歌剧自有他的道理，因为他对人声有非常特殊的要求，这种要求甚至不近人情，带有反自然的倾向。"反自然"也许理解成"泛自然"更为恰当，无论是为艺术歌曲伴奏，还是排演人声与乐队的宗教作品，切利都是反世俗化反戏剧化的。他像要求乐器的声音一样要求人声，要求沉静肃穆，要求完美的声响比例和泛音，要求与宇宙自然同律的呼吸。他在威尔第和莫扎特的《安魂曲》中所聚集的能量能够摧毁一切想象，这种能量足以改变方向，改变命运，像《圣经》一样具备了预言性和确定性。

传说中的弗雷《安魂曲》果然名不虚传，这是所有演奏中最伟大的版本。它的危险在于让听者品味到死亡的甜美滋味，在声响包围当中，接触到它的人莫不从心底自然泛出迷醉的狂喜、心满意足的微笑。"此曲只应天上有"说的是这回事么？我甚至不愿意简单地相信它是所谓的"天堂之声"，更真实的感觉是只要它一响起，宇宙的每一个缝隙都回荡着它的声音，它属于大千世界，一切有福的人都可以听到和感应到这个声音。

我曾经将切利指挥慕尼黑爱乐乐团演奏的音乐比作毒品，如果这种说法得到验证，我再补充一句，切利演绎的音乐史上最著名的四大安魂曲是毒品中的毒品，而其中的弗雷《安魂曲》所呈现的美丽和感动足可致命。一位同样热爱切利的朋友告诫我，当太阳快要落山的时候，一定要远离切利，特别是弗雷的《安魂曲》。当然，我并没有听他的话，总是在夜深人静的时候聆听切利，有时会翻看一本莫名其妙的书，更多的时候是闭上眼睛，静静地躺在沙发上，接受切利音响的沐浴。每当这样一个夜晚过后，我都会觉得第二天清晨的天空格外纯净，格外令人遐想。之所以如此有恃无恐，无所畏惧，原因在于我住一层，还有一个被田园风光包围的温馨小院。而告诫我的朋友却高踞将嘈杂的尘嚣一览无余的三十三层楼顶，记得某天我们在他家听切利的时候，夕阳的余辉被怒号的狂风刮得正逐渐失去本来的颜色，暮霭覆盖的苍茫大地一片肃杀凄凉。

声音中不能承受之轻

　　这样一种无欲无求的心态，这样一种理性而客观的诠释理念，塑造出来的竟是一种美轮美奂的"唯美"，这极致的有些冷酷的美居然也有打动人的力量。

记得在十年前曾经向一位喜欢舒曼的朋友推荐一张诺灵顿指挥伦敦古典演奏家乐团录的第三、第四交响曲唱片，那位朋友不仅没有听完一遍便把它掷还于我，还很不客气地痛批一顿，大意是乐队的声音七零八落，连起始的头音都奏不齐，拖拖拉拉得像一个业余乐团。恰好那张唱片还是在北京中图买的"打口货"（只是盒上被打个小口），于是朋友便说我是在向他推荐"垃圾"。

不过我当时却是一点都不觉得被冤枉，反倒心中欣然，因为诺灵顿声音之美并不是一般人能体会到并习惯的。那时我听所谓的"本真演奏"还不多，思想中根本没有形成"古乐"的概念，但是却觉得诺灵顿的舒曼就是舒曼时代的声音，幼稚而充满野心的乐思，庞大的有点失控的旋律，还有丰满的几乎膨胀的织体，它们合在一处，自然要把节奏拖沓下来，每一个步伐都那么雄浑沉重，实在无法轻盈矫健起来。这就是舒曼，不一定是舒曼心中的舒曼，但却可能是符合舒曼乐谱规定的舒曼，或者说是符合舒曼时代接受习惯的舒曼。后来当然我也听到了加迪纳和哈农库特的"本真"舒曼，整个速度都快了起来，乐谱标记也许如此，但音乐中有许多因素感觉像被省略了，舒曼的思维可从来没这么简单过！

再回到诺灵顿，那张被掷还的唱片我保存至今，而且我又买了一张送给另一位朋友，他也同样保存至今。其实后来我一直关注 EMI 的唱片目录，想买一张"毫发无损"的原版收藏，但是它从此就在目录上消失了。一直到今年，它与第一、第二交响曲一起出现在 EMI 下属的 VIRGIN 目录上，我不加思索地填写了预订单,其中也包括诺灵顿指挥的门德尔松。

诺灵顿的唱片总是零星地出现。《罗西尼序曲集》、《浪漫序曲集》、《威伯交响曲》和《瓦格纳序曲集》这几个专辑居然也买了七八年,因为不知为何,1998年以后的唱片目录就再也难觅诺灵顿的踪迹了,恰巧他正是在这一年出任了斯图加特广播交响乐团的首席指挥,并与德国的 HÄENSSLER 唱片公司签订了录音合同。

我有意去寻找的是贝多芬的《交响曲全集》。1996年在朋友家听过一张盗版的"第七",感觉以往听这首交响曲注意力从来没如此集中过。诺灵顿的诠释那么简洁有力,布局均衡而紧凑,声音纯净、透彻,阳光得令人意气风发、欢天喜地。说来真是不甘心啊,我竟因为这张盗版而真正迷上诺灵顿。遗憾的是我写信或托人往香港购买这套贝多芬都没有结果,1998年甚至在美国最大的几个唱片店都见不到它的踪影。

后来的事情说起来就比较没意思了,但是满足感还是有的。2001年我在上海的一家音像店居然用一张唱片的价钱买到由 VIRGIN 再版的这个五张一套的贝多芬,那时我还随身带着 DISCMAN,以后的旅行我把这套交响曲不知听了多少遍,总算补回了这么多年的渴慕之情。

其实我这篇文章的主要用意是想说诺灵顿后来在斯图加特广播交响乐团时的录音。从我听到第一张唱片海顿的《伦敦》交响曲和舒曼的第二交响曲之时,我就爱死了这种声音,据说这就是近几年声名鹊起的"斯图加特音响"。乐团在送走神奇的切利比达克之后,沉寂十余年,终于又放射出完全不同于过去的辉煌之光。对比切利与诺灵顿时代两种极端对立的声音，你不能不慨叹诺灵顿的能量以及斯图加特广播交响乐团的可塑性与适应性。

古乐大师转而指挥现代交响乐团，这在他们赢得广泛声望之后成为一个趋势，但其中鲜有成功者，最出类拔萃的当属哈农库特和诺灵顿两人，前者至今没有获得一流交响乐团的固定职位，后者却同时担任伦敦古典演奏家乐团、萨尔茨堡学院室内合奏团和斯图加特广播交响乐团的首席指挥。作为有自己音乐演奏理论体系的学者型指挥，掌控这三个乐团来实现自己的一系列计划与梦想，诺灵顿不能不说是世界上最幸运的艺术家了。

诺灵顿也有可能是目前世界上最越来越受欢迎的指挥家。许多著名乐团的乐手都向决策层建议，要求哪怕能够在诺灵顿的指挥下演出一场音乐会，从未用过巴洛克时期乐器的乐手非常渴望用手中的现代乐器与诺灵顿共同体验一次"回到历史原貌"的旅程。事情的发展真是越来越神奇，许多得以和诺灵顿合作的音乐家都被自己发出的声音感动得流下眼泪，那是身在其中闻所未闻的纯美声音，用诺灵顿的话讲，那本来就是代表音乐本质的声音，可是从什么时候开始它变味儿了呢？

我从前不明白作为古乐大师的诺灵顿为何还指挥勃拉姆斯和布鲁克纳，现在我更希望能够听到他指挥的理查·施特劳斯和马勒，当然乐团一定是斯图加特广播交响乐团。他的音乐季已经有这样的节目安排，刚刚过去的音乐季是以勃拉姆斯和埃尔加、沃恩－威廉斯为重点的。

诺灵顿师承英国最伟大的指挥家波尔特爵士，功底深厚自不待言。他出身于大学教授家庭，本人又系剑桥大学英国文学专业毕业，学养精湛也不奇怪。他于四十余年前以组建许茨合唱团起家，专事演唱17世纪的宗教声乐作品，十几年后成立伦敦古典演奏家合奏团，将演奏领域逐步扩大到莫扎特、海顿、贝多芬、舒伯特、舒曼、门德尔松、柏辽兹，甚至勃拉姆斯和布鲁克纳。

在这个过程当中，诺灵顿形成了演奏19世纪浪漫主义音乐的理论与方法体系，在遵照原谱、"回到历史原貌"的基础上，浓墨重彩地加上自己的美学趣味，使"古乐"的声音不同于任何一个古乐团。这种具有鲜明时代感和现代性的"古乐之声"其实已经为诺灵顿日后改造现代乐团的声音的实践埋下伏笔。

一切都出人意料地顺利，面对朴素而高贵的美，人们的认知能力一下子变得无比简单。不论是乐团的乐手还是层次不一的听众，一旦耳朵接触到诺灵顿给出的声音，便生出莫名的激动和欣喜。对那些只能通过唱片来聆听诺灵顿的人也是一样，不管是贝多芬还是舒伯特，是舒曼还是门德尔松，是柏辽兹还是勃拉姆斯，传递的都是清丽绝俗的"凡音"，薄薄的，透透的，平静得犹如古井不波。这是怎样一种意境，没有急促的喘息，没有泛滥得波涛汹涌的情感，没有对比强烈的力量标记，也没有夸张矫情的揉弦。而现代乐器的亮丽、纯度与质感，却在这种追求虚无的意识形态的统率下呈现得淋漓尽致。这样一种简易而朴素的方法，这样一种无欲无求的心态，这样一种理性而客观的诠释理念，塑造出来的竟是一种美轮美奂的"唯美"，这极致的有些冷酷的美居然也有打动人的力量。那声音一飘出来，就石破天惊地碰到了你的神经，令你的心一下子就颤抖了，就醉了，就像醇酒还来不及喝，封泥一启，酒香四溢，人即醺醺然。

切利比达克和诺灵顿，将他们放在一起似乎不大令人信服。我姑且相信他们一个在天上，一个在人间。前者所给予我们的是音乐最深层面的东西，为了发现它和表现它，切利殚精竭虑，用尽了力气，所以他所呈现的音乐是庄严的不能承受之重，演绎它们需要能量，接受它们又何尝不需要能量？诺灵顿同样开启了音乐的本质层面，他从乐队学的角度阐发了他的观点，令"交响乐"的声音更纯粹，更符合"交响"的本来概念。他严格区分了器乐独奏家与乐团乐手的不同，第一次使乐团的乐师清楚地认同了自己的职业发声原理和音响特征，正像锈迹斑斑的金属被擦拭过又重新放射出自己本来的铿亮光芒一样。对比切利音响的不能承受之重，诺灵顿的音响是否有点"不能承受之轻"呢？！

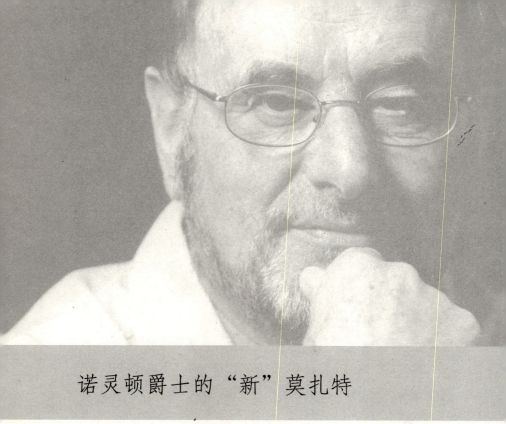

诺灵顿爵士的"新"莫扎特

已经熟悉诺灵顿指挥伦敦演奏家古乐团录制的莫扎特交响曲的乐迷，可能对诺灵顿在斯图加特的"莫扎特新声"有更强烈的渴望，一个曾经的"侵占者"，会帮助"退避三舍者"收复失地吗？

我很愿意把英国指挥家罗杰·诺灵顿爵士和伟大的赛尔吉乌·切利比达克作为音乐诠释的两种极端去比较,此举不仅令我"开放的"耳朵不断迎接考验,而且深感其乐无穷,还可能有效地为我中得太深的切利比达克之"毒"施以"独门解药"。

诺灵顿早已脱离"古乐"演奏的范畴,他以演奏现代乐器的乐队行"本真音乐"之效,不独创造出全新的音响色彩,还为正日益分化对立的所谓"复古"与"现代"两大乐队营垒指出调和的道路。诺灵顿已经是当今世界顶级乐团争相邀约的客座指挥,其所到之处总是带来声音的奇迹,这种颇具实验性的声音当然既不"本真",亦非"原貌",它们不过来自诺灵顿的"研发"与想象,当然是具有极高级趣味的天才想象,是对泛滥一个世纪的越来越铺张夸大的现代管弦乐之声的"除锈"。

20世纪最后二十年,用"时代乐器"演奏莫扎特大行其道,这不断让"现代"乐队在该领域面临"演奏方式"的尴尬,这正是几年前芬兰指挥家奥科·卡姆说到的那种情景:"现代"交响乐队慢慢在给"古乐"演奏主动让出莫扎特之前的曲目地盘,他说,我们没有办法做得像"时代乐器"那样地道,因为我们首先在"乐器"上吃了亏。

"古乐"正逐渐演变成一种风尚,但音乐表现首先在于探索一种接近"历史真相"的合理声音,而不仅仅拘泥于乐器的音色质感。诺灵顿十余年前接手斯图加特广播交响乐团之后,便开始实践他在现代乐器上的"原典"理念,他从早期浪漫主义的贝多芬出发,经舒伯特、门德尔松、舒曼,再到柏辽兹、瓦格纳,目前止于布鲁克纳和马勒。这个"实验"过程无论对乐手还是听众都充乎极端的刺激，斯图加特一个接一个的音乐季，只要有诺灵顿登台，曲终时便有山呼海啸般的喝彩。一个新的"朝圣地"诞生了，前来朝圣的人无不心怀企盼，这种企盼甚至没有确切目的，因为人人相信诺灵顿足可将所有他所染指的音乐"点石成金"，其中甚至包括音乐会形式的歌剧，管弦乐的"诺灵顿之声"在为歌唱伴奏时呈现的"奇妙和谐"简直具有振聋发聩的意义。

已经熟悉诺灵顿指挥伦敦演奏家古乐团录制的莫扎特交响曲的乐迷，可能对诺灵顿在斯图加特的"莫扎特新声"有更强烈的渴望，一个曾经的"侵占者"，会帮助"退避三舍者"收复失地吗？2006年的斯图加特"欧洲音乐节"适逢莫扎特诞生二百五十年，诺灵顿指挥斯图加特广播交响乐团以系列音乐会演奏了二十余首莫扎特交响曲。2007年，HÄNSSLER唱片公司以Mozart Essential Symphonies为题陆续发行六张CD，让没有机会亲临现场的人在最短时间内便通过录音领略到诺灵顿的"新境"。

我曾经在十余年前的文章里谈到切利比达克在乐队诠释方面不可能"终结"莫扎特的理由，论据全然出自感性的臆想，不可当真。然而今天当我听到诺灵顿指挥曾经与切利比达克相濡以沫十年的斯图加特广播交响乐团演奏莫扎特时，却不由为当初的"妄言"击掌！命运的安排竟是如此冷酷吗？为什么呈现两极的声音由同一个交响乐团发出？！尽管我所听过的切利比达克在斯图加特的大量录音并没有莫扎特，但从他日后在慕尼黑爱乐乐团的莫扎特的举轻若重、"句句珠玑"，如大理石雕刻般温润剔透而宝相庄严，可以想见切利比达克在斯图加特的莫扎特也必然像他一贯解读的布鲁克纳和勃拉姆斯一样，结构具有夸张的清晰感，音响织体绵厚沉郁，简直可以做莫扎特的墓志铭。

诺灵顿在担任斯图加特广播交响乐团首席指挥的同时，还兼任萨尔茨堡学院室内合奏团的音乐总监，这差不多是解读莫扎特音乐的最佳平台，能够将诺灵顿的"尝试"赋予一定程度的"官方"色彩。其实步入"今日之境"的诺灵顿不再需要标新立异或另辟蹊径了，他的音乐流向已经成了"纯朴自然"的代名词，他率领"现代乐队"塑造的"本真"音色不仅赏心悦目，而且沁人肺腑，那是一听就令人心房发颤的声音，具有难以抵挡的魔力。这种散发无穷感官之美的音乐竟可以铅华褪尽，一尘不染！无论你听过多少种版本的莫扎特，无论"哈夫纳"、"林茨"、"巴黎"、"布拉格"、"朱庇特"多么耳熟能详，诺灵顿给予的都是最新潮、最鲜活、最具灵性、最富生命力的解读。

诺灵顿在"莫扎特年"里将莫扎特"终结"，这"终结"不是"切利比达克式"的不可复制，亦非某种诠释观念的毁灭。相反，诺灵顿为交响乐演奏的方法及风格拓展提供了前景明朗的可能性。诺灵顿的学说和实践都很有说服力，他是可以模仿的，他的经验有很直接的借鉴意义，任何人在接受诺灵顿方面都不会存在障碍。

我想我在聆赏音乐的途中还是应当感到幸运，因为，即便切利比达克是"毒品"，我也找到了诺灵顿这剂"解药"。

"命运夺走我们的一切"

几乎每一个歌剧角色,只要是翁德里希演唱过的,便立即成为一种标准,不论是意大利歌剧还是俄罗斯歌剧,它们都被翁德里希唱出了本真的自然与华丽,有幸观看演出者,无不深深痴迷。

2005年9月26日,是德国传奇男高音弗里茨·翁德里希诞辰七十五周年,同一个月的17日,又是他的忌日,2006年我们就要纪念他的冥诞四十周年了,屈指算来,他在我们这个世界只存在了短短的三十六年。今年1月,我在戛纳结识了翁德里希的儿子和女儿,小女儿芭芭拉告诉我,为了纪念父亲的诞辰,DG唱片公司将会首次发行翁德里希珍贵的影像资料,另外还会出版一个纪念专辑,内容包括两张CD和一张DVD。在当天晚上的新闻发布酒会上我看了一部分翁德里希在巴伐利亚国家歌剧院演唱的罗西尼《塞维利亚的理发师》和柴科夫斯基《叶甫盖尼·奥涅金》的录像,虽然都是黑白影片,但突然看到心中的偶像一下子活了起来,而且那么风趣幽默,那么才华横溢,就像一个天生的戏剧表演家那样在舞台上得心应手、游刃有余,内心的激动和感情上的惆怅还是令我当时有点黯然神伤。不过最难以抑制的还是我的泪水总在一忍再忍的时候悄然流淌,那是当我看到翁德里希一家在海滨度假拍的电影时,镜头里面翁德里希和妻子儿女开心地追逐、玩耍、豪放地大笑,小芭芭拉刚刚学会摇摇晃晃地走路,翁德里希不断地去扶她起来,他与妻子一起享受着目睹儿女成长的幸福。那种开怀今天看来显得异常夸张,好像幸福真的是转瞬即逝的事情,必须在当下把它紧紧攫住并过度享有才行。此时我感到原本喧闹的会场一下子安静下来,所有人的表情都变得肃穆起来,而芭芭拉已经在拭她的眼角了。这种时刻在我是首次,而对于芭芭拉和她的兄姐或者她的母亲而言,我不知道他们度过多少这样的时刻。他们失去弗里茨已经近四十年了,他们共同经历着无所不在的翁德里希神话的继续,也许仍在追问上苍,9月16日那天到底发生了什么?命运为何要夺走我们的一切?

时间过得真快,与芭芭拉分别之后,我一直留心的日子就这样悄悄地来临了,两个月之前,我已经聆听和观看了DG唱片公司如期出版的这些极有价值的关于翁德里希的音像资料,其中就包括《塞维利亚的理发师》全剧的DVD。翁德里希曾经富有神秘色彩的传奇形象,如今变得更加真实清晰了。

翁德里希在如日中天的三十六岁突然因一次意外微不足道地死去,德国的报纸共同传送着一个共同的标题:"命运夺走我们的一切!"此时此刻,根本无从怀疑命运的力量到底有多大,其实翁德里希生来就命途多艰,他在第二次世界大战期间已经两次从死神的手心溜走,命运在那个时候是眷顾他的,因为世界还没有听到他的歌声。

无论是当年现场观看过他的音乐会或歌剧演出的人,还是后来通过录音唱片领略翁德里希自然而高贵嗓音的人,大都不曾怀疑过翁德里希就是他最善于演唱的海顿《创世记》中的天使尤利尔。横空出世,所向披靡,为声乐领域带来一股神奇的清新之气和植根于传统但却湮没已久的发声方法,从而成为那个年代最受追捧的男歌手。他的歌唱生涯像流星一样划过夜空,那耀目的短暂让被他光辉闪烁过的人还来不及眨一下眼睛。

成名后的翁德里希始终处于身体能量透支当中,被他最心心相印的钢琴伴奏者胡伯特·吉森称为"两头燃烧的蜡烛"。但是,极其悲哀的是,劳累过度也好,心力交瘁也好,这些都没能击倒或击垮他,反倒是在一次忙里偷闲的郊外打猎期间,不慎被自己的鞋带绊倒，头部触地而送了性命。似乎此前已有征兆，当他生前最后一次扮演莫扎特歌剧《魔笛》中的塔米诺王子时，他不断地在后台用自己的照相机给别人照相，还对着镜子自拍了许多，甚至已有"这恐怕是最后一次"的言论，这令当时在场的许多人大惑不解。如此结局不能不让人思考，难道真的是上帝给予我们的太多而要迫不及待地索回吗？抑或是翁德里希的命运像莫扎特和舒伯特一样，将人生高度浓缩，提前完成了自己的人间使命？

没有面对面地听过翁德里希唱歌是一种遗憾，如果连翁德里希的录音都没能听过，那几乎便可视为一种罪过了。翁德里希的声音应当算是人间所能听到的最美的声音了，他的唐·奥塔维奥（《唐·乔瓦尼》），他的塔米诺（《魔笛》），他的连斯基（《叶甫盖尼·奥涅金》），他的汉斯（《被出卖的新嫁娘》）以及帕莱斯特里纳（普菲茨纳的同名歌剧）注定是前无古人后无来者。几乎每一个歌剧角色，只要是翁德里希演唱过的，便立即成为一种标准，不论是意大利歌剧还是俄罗斯歌剧，它们都被翁德里希唱出了本真的自然与华丽，有幸观看演出者，无不深深痴迷。

因为翁德里希的早逝，人们总是津津乐道于他没有演过角色的遗憾，特别是他与瓦格纳歌剧及拜罗伊特多次失之交臂，不能不令人为之扼腕。当翁德里希成功地客串了《飘泊的荷兰人》的舵手之后，演唱罗恩格林便成为许多人对他的期待，权威评论家预言，一个历史上最高贵最接近瓦格纳理想的"天鹅骑士"已经诞生，他何时驾临人间只是时间问题。在他生命的最后两年，掌管拜罗伊特节日汇演的维兰德·瓦格纳以及著名指挥家卡尔·

伯姆每年都向翁德里希发出多次邀请,想请他扮演《纽伦堡的工匠歌手》中的瓦尔特·冯·施托尔津或者萨克斯的徒弟大卫。然而此时的翁德里希已不仅仅是日程安排过满的问题,他可能也太骄傲了,根本没有将来自拜罗伊特的呼唤放在心上,总是怠慢维兰德·瓦格纳的来信,甚至连回信都流露出些许年少轻狂。

随着1966年二人的相继去世,歌剧表演史上最大的遗憾就再也无法弥补了。被翁德里希拒绝的大指挥家还有约胡姆、克伦佩勒、莱特纳、凯伯特、舒里希特、朱利尼、库贝利克等那个年代最具权威性的领军人物,他唯一没有拒绝过的人是赫伯特·冯·卡拉扬,他们一起联袂演出多场,在柏林,在维也纳,在萨尔茨堡,唯一完整留下的录音室录音是贝多芬的《C大调庄严弥撒》,而更富传奇色彩的海顿《创世记》录音则因为翁德里希的突然去世而没能完成。多年以后,卡拉扬终于寻找到与翁德里希声音接近的男高音维尔纳·克莱恩,才将翁德里希的"天鹅之歌"《创世记》最后完成。

值得庆幸的是,翁德里希的价值在生前就被充分认识到,所以他留下的录音应该说是比较丰富的,当然也显得有些良莠不齐,有一些还有粗制滥造之嫌。更搞笑的是,他的一些早期录音纯粹是为了曲目的目的,谁来唱倒是无所谓的,所以连署名都是假的。目前市场上所能见到的最有价值的录音大多来自DG、EMI、BMG、ORFEO、HÄNSSLER等主流唱片公司,DG和EMI都曾出过他的一套五、六张的精粹专辑,但是像EMI版的《大地之歌》、DECCA版的巴赫《马太受难曲》和《圣诞清唱剧》、DG版的海顿《创世记》(去年刚出版了萨尔茨堡音乐节的现场录音，翁德里希和卡拉扬组合的《创世记》终于以完整的记录面世）、莫扎特《魔笛》、《唐·乔瓦尼》、《后宫诱逃》以及贝多芬《庄严弥撒曲》等全曲或全剧录音都是制作相当完美的收藏品。

  与上述经典相比，DG 最新发行的七十五年诞辰纪念产品就不单纯是一个必要的补充，它们所揭示的恰恰是翁德里希成长初期的一些真实状况。不得不承认，翁德里希虽然嗓子出自天然，但他在 1950 年代的早期歌唱录音当中，青涩与夸张，甚至笨拙与土气，都表现得相当直接。不过这并非什么缺陷，许多老派的德国人其实都很怀念这个时候的翁德里希，他就像赫尔曼·普雷、埃莉卡·科特、安娜莉斯·罗滕伯格、玛格丽特·皮茨、戈特洛伯·弗利克一样纯朴和本色，歌声中有很深的民间传统的影响痕迹，为人处世也都是旧式风格，直率而坦白，放浪形骸而不拘小节，尊崇友情而鄙视金钱，那个年代的确令人怀念。

  也许真的存在一种缘分吧，我在德国的旅行中，非常机缘巧合地多次遇到翁德里希的朋友，他们往往都将他与赫尔曼·普雷相提并论，而后者也属于英年早逝，夫妇俩还是芭芭拉的教父教母。翁德里希和普雷的朋友们还有一个共同点，就是不怎么听这二人唱的歌剧录音，因为录音远不如看他们在舞台上表演更有魅力，更令人开怀。我在这些人家里访问的时候，他们给我听的都是二人唱的德国艺术歌曲，于是我们一起再次遗憾翁德里希留下了不止一个的舒伯特《美丽的磨坊女》最好的男高音版本，但他为什么要将《冬之旅》的录音计划一推再推呢？

永远听不到翁德里希的《冬之旅》就像永远听不到翁德里希的《罗恩格林》一样,让人心有不甘啊!命运夺走我们的一切,大概也包括这些在里面吧!

完美的结局

我把刚刚听到的克劳斯指挥的理查·施特劳斯的四张唱片看做是作曲家和阐释者之间传奇关系的"完美的结局",在任何时代,这四张唱片都是理解理查·施特劳斯作品的最重要参照物。

如果问20世纪上半叶欧洲最有影响力的音乐家是谁，我想，提出"理查·施特劳斯"的名字是不会有争议的。他不仅是一位最重要的歌剧与交响乐的作曲家，而且还是一位权倾一时的指挥家，甚至一度成为纳粹第三帝国的音乐总监。他是第二次世界大战前德奥音乐生活的主宰者，是现代萨尔茨堡艺术节的创始人之一。因为他富有，因为他讲求生活的质量，因为他是一位堪与莫扎特媲美的天才，所以他的朋友无数，崇拜者无数，追随者无数。

理查·施特劳斯是一位渴望生活在过去年代的贵族，他亲眼目睹和经历战争对人类文明的破坏，这对他的长寿是一种折磨，却激发他写出20世纪最动人心魄的挽歌——《变形曲》和《四首最后的歌》。

20世纪下半叶，音乐界都是在理查·施特劳斯巨大的身影下度过，他成为被演出和录音最多的浪漫主义以后的作曲家，开此潮流之先的便是他视同己出的忘年挚友克莱门斯·克劳斯。克劳斯不仅于1952年在萨尔茨堡指挥了理查·施特劳斯歌剧《达尼埃的爱情》迟到八年的首演，而且还指挥维也纳爱乐乐团将理查·施特劳斯最重要的管弦乐在三年之内录成一大批唱片，在1940年代施特劳斯本人指挥的版本之外，又公布了一个"钦定版本"。

克劳斯比施特劳斯小二十九岁，比卡尔·伯姆大一岁，后者是施特劳斯的另一位追随者，他和克劳斯几乎包办了1930年代以后的施特劳斯的新作歌剧首演，只是当战争爆发以后，他没有像克劳斯那样与理查·施特劳斯走得更近而已。

克劳斯是作曲家晚年最可靠的朋友，他甚至为作曲家提出创作的题目，包括亲自撰写剧本，制订推广计划。作曲家的身边一直离不开这样的合作者，以前是霍夫曼施塔尔，后来曾经试过茨威格，还为此得罪了希特勒，现在他找到了最理想的人选，克劳斯就像是上帝赐予他的最好的礼物。

理查·施特劳斯去世后，克劳斯也被"非纳粹行动组织"取消禁令，重新活跃于德奥音乐舞台。他在生命的最后阶段，不遗余力地传播理查·施特劳斯的歌剧与交响乐，在担任维也纳国家歌剧院院长期间，不仅重排理查·施特劳斯的重要剧目，而且亲自指挥维也纳爱乐乐团演出和录制包括《家庭交响曲》、《英雄的生涯》、《查拉图斯特拉如是说》、《唐璜》、《堂吉诃德》、《贵人迷》在内的代表性管弦乐作品。这些录音在1950年代初由DECCA唱片公司发行时并未引起多少反响，甚至有可能遭到了令人难以置信的忽略。

2000年，以出版历史录音档案为特色的英国TESTAMENT唱片公司从DECCA获得版权，将克劳斯指挥演奏的理查·施特劳斯的乐队作品辑成四张CD重版发行，顿时有音乐世界的大门重新开启的感觉。

也许是巧合，立体声录音正好诞生于克劳斯去世的1954年，那一年录制的第一张立体声唱片正好是莱纳指挥的《查拉图斯特拉如是说》和《英雄的生涯》。从此，理查·施特劳斯的音乐便与高保真"发烧"录音结下不解之缘，听理查·施特劳斯必须是好录音这已经是最基本的要求，于是，一代一代的指挥家越来越强调力量的演进和动态的对比，录音时的平衡调控也越来也夸张加料。

在我的印象中,大多数收藏施特劳斯唱片的爱乐者也好,发烧友也好,都很少有耐心把一部作品从头听到完的,无论是《阿尔卑斯山交响曲》和《家庭交响曲》,还是《查拉图斯特拉如是说》和《英雄的生涯》,总是在听其中那几个"发烧""爆棚"的片段,所谓的版本比较也是在考较这几处的"动态"、"音场"和"聚焦"的指数。将近半个世纪了,理查·施特劳斯就这样被遮蔽在音响的迷雾中,对他的音乐的评价也因此受到连累,内在的深层的东西看不到也听不到,作品的完整性也受到影响。

就在新的录音还在被不厌其烦地陆续推出之际,克劳斯的版本就像出土文物一样被发现了。其实最近十年他正逐渐引起关注,权威的《企鹅唱片指南》和《日本唱片艺术》都把他指挥的约翰·施特劳斯舞曲和1953年的拜罗伊特版《指环》评为该曲目的最佳版本,但为什么对他最权威解读的理查·施特劳斯置之不问呢?我想一个根本的原因就是它的音响效果不过关,正像同样被视为此道权威的伯姆只在他的歌剧录音方面饱受赞誉,其管弦乐作品因是单声道时代的产物而基本不受重视一样。

我把刚刚听到的克劳斯指挥的理查·施特劳斯的四张唱片看做是作曲家和阐释者之间传奇关系的"完美的结局",在任何时代,这四张唱片都是理解理查·施特劳斯作品的最重要参照物。克劳斯青年时代即追随理查·施特劳斯,是他的孩子、挚友、合作者、阐释者、批评者和研究者,他在理查·施特劳斯去世后只多活了五年,这五年他完完全全地奉献给理查·施特劳斯的事业,留下这四张唱片,它们在那个时代可不止四张,因为总时间超过三百分钟。因为有这三百分钟的演绎见证，最近半个世纪对理查·施特劳斯的篡改与不敬将无所遁形，无论怎样的轮回，它都要重新回到起点，回到理查·施特劳斯与克劳斯规定的起点，那同样是音乐的黄金年代，甚至是最灿烂辉煌的年代。那通过逼仄的单声道重放出来的声音可一点不缺少层次感，而其中洋溢的人性与美感在任何时候聆听都是迷人而且感人的。克劳斯，这个在德奥音乐界有着崇高声望、至老都不减童稚气的"连出身都倍感神秘的大男孩"，以他的才华与忠诚，书写出一个他与他的偶像之间关系的最完美结局。

德国小提琴学派的最后大师

施奈德汉的演奏音色极为纯净,音响自然清丽,弥漫着虚无飘渺的高洁之气。也只有听施奈德汉的演奏,才能体会到这部协奏曲的高贵和精妙。

奥地利小提琴家沃尔夫冈·施奈德汉 2002 年以八十八岁高龄去世，2009 年是他九十五岁诞辰，我写这篇文字算是聊表缅怀和纪念之情吧。

施奈德汉的录音大多集中在 DG，LP 时代数量较多，CD 时代却未给予应有重视，以至于我的零星收藏大部分来自日本的再版，不过音响效果的处理显然比现在的"原版大师"套装好很多。日本版当时定价较高，却仍有很多"施奈德汉迷"不吝千金，成系列购买，比如莫扎特奏鸣曲和协奏曲全集等。不过，一般爱乐者对施奈德汉的认识大多始于那张获得"企鹅三星戴花"殊荣的贝多芬 D 大调协奏曲，其超凡脱俗的平静之美是无可替代的，那几乎就是德奥小提琴乐派演奏贝多芬 D 大调的"绝响"。

施奈德汉看起来更像一位学者，但是从艺经历却比较丰富独特。他先后担任过维也纳交响乐团和维也纳爱乐乐团的首席，还组建过很有影响的四重奏团，后来进入维也纳音乐学院和琉森音乐学院任教。他的妻子是维也纳国家歌剧院首席女高音伊尔姆加德·西弗丽德，以演唱莫扎特作品闻名，她与施奈德汉的姻缘堪称人人艳羡的"神仙伴侣"，许多作曲家都为他们专门创作小提琴和女高音的二重奏，其中最著名的是弗兰克·马丁和汉斯·维尔纳·亨策的作品。当然，施奈德汉也是马丁的小提琴协奏曲的权威演绎者，以他与作曲家的亲密关系，虽然未能成为该作品的首演者，却是最重要的传播者。施奈德汉 1955 年的录音是该曲的第一次录音室录音，由安赛梅指挥，原本在 DECCA 发行，后来被编入马丁重要作品的"小双张"。施奈德汉的演奏音色极为纯净，音响自然清丽，弥漫着虚无飘渺的高洁之气。也只有听施奈德汉的演奏，才能体会到这部协奏曲的高贵和精妙。虽然是单声道录音，却丝毫感觉不到音场的紧促和声音的干枯，反倒觉得更真实，更有临场感。

施奈德汉还于1953年在柏林耶稣-基督教堂录过另一个贝多芬D大调，虽然音响效果略逊后来的立体声名版，但保罗·范·肯彭的指挥更有动力感，与施奈德汉的配合也更有互文性，正像他与威廉·肯普夫合作的贝多芬钢琴协奏曲一样。他们都没有孜孜以求作品深刻内涵的企图，只是自然呈现音乐的美感和欢乐昂扬的情绪，力度运用十分均衡老到，旋律起伏如呼吸一般顺畅平展，乐思演进如涓涓细流，蜿蜒远去，无止无歇，直入天际，不知所终。这种对音乐的诠释精神在今天是那样匮乏少见，更可见施奈德汉及其同道所代表的德奥学派风范确如过眼烟云，不可重现。

同样的认识当然也来自施奈德汉演奏的勃拉姆斯D大调、门德尔松E小调和布鲁赫G小调。施奈德汉同样录过两次勃拉姆斯D大调，最精彩的一次还是和肯彭的合作，施奈德汉在这个版本中表现出少见的抒情性，这也许是因为他采用的是其恩师温科勒的华彩乐段而引发的思念感恩之情吧。

门德尔松和布鲁赫的协奏曲已经被施奈德汉在音乐会上演奏了三十多年，这是两首他驾轻就熟的作品，与他合作录音的两位指挥家都是当时的年轻才俊，他们配合非常默契，曾成就一系列精彩音乐会和几款名录音。特别是匈牙利指挥家弗里恰伊，他指挥的勃拉姆斯大提琴、小提琴二重协奏曲和贝多芬的钢琴、小提琴和大提琴三重协奏曲，小提琴演奏都是施奈德汉，这两个录音堪称该曲目最佳录音，其命运当然也未像别的录音那样被埋没许久。也正因为弗里恰伊和施奈德汉的风格接近，因此去掉了门德尔松的许多脂粉气，使他和布鲁赫一样，突然一下子大气起来，放到贝多芬和勃拉姆斯中间也显得分量接近了。

施奈德汉也是巴赫的权威诠释者，从录音听来，虽不算精妙雅致，缺少巴洛克音乐的纤美细腻，但我想其中应当有音响平衡的原因，也可能是琉森节日弦乐团素质稍差，声音不够纯净所致。但施奈德汉毕竟是他那个年代最著名的巴赫演奏家之一，他的巴赫自成一种韵味，琴声委婉，音色浓郁，充满持续的热情，技巧又非常娴熟流畅。如果想领略他的真功夫，可以将 D 小调第二《帕提塔》找来一听，其中有著名的"恰空"，似乎可以称作该曲的"官方解读"吧？

还是与琉森节日弦乐团合作，施奈德汉的《四季》录音在 1950 年代甫一问世，便被评为最佳版本之一。不似今天的《四季》录音多追求音响效果，搞得各种"发烧版本"多如牛毛，施奈德汉的时代很少有德奥学派的小提琴家演奏或录制意大利小提琴学派的代表性作品《四季》。施奈德汉的演奏同样呈现出独有的风格特征，当然在今天看来离所谓的美轮美奂尚有距离，可听性也稍有不如，不过，这么严整规范并且在形态上无比平衡的《四季》如今实在是想听到都很难了，还是让我们尽可能平静下来，好好体味施奈德汉的宝贵录音吧。一旦你爱上施奈德汉的琴声，伯恩哈特·鲍姆加特纳指挥的琉森节日弦乐团也有它屡屡显露的迷人之处啊。

"荷兰之宝"贝努姆的遗产

  贝努姆对阿姆斯特丹音乐厅乐团最大的贡献在于他纠正了门格尔伯格在演奏浪漫派作品时发生的重大偏离,他让这个著名乐团的声音真正稳定下来,收敛起来,并在他的任期内达到整齐、严谨、敏感、精确、平衡的境界。

对于排名经常跃居"世界第一"的荷兰阿姆斯特丹音乐厅乐团来说,本土指挥家爱德华·范·贝努姆绝对是地位极其重要的承前启后级人物。他的前任是威廉·门格尔伯格(1895—1945年在任),乐团风格与声音的奠基者,也是使乐团具有国际知名度的先驱人物。他的后任是伯纳德·海丁克(1961—1988年在任),乐团风格的集大成者,在某种程度上已经成为乐团的象征。贝努姆的任期从1945年到1959年,如果算上他从1931年即作为门格尔伯格的助手及副指挥的年头,那么他也在这个乐团工作了二十八年。从这一点来看,阿姆斯特丹音乐厅乐团真是一个超稳定系统,仅仅三任指挥就领导它走过将近百年的历程。

如果说阿姆斯特丹音乐厅乐团在海丁克时代成为"标准"诠释马勒、布鲁克纳、理查·施特劳斯的乐团,那么它的两个来源正好就是门格尔伯格的马勒和理查·施特劳斯,贝努姆的布鲁克纳。然而,在DECCA/PHILIPS出品的一套六张贝努姆纪念专辑(PHILIPS 475 6353 PC6)里,恰恰没有布鲁克纳,正是因为贝努姆的布鲁克纳几乎张张名版,已经以多种面貌发行数次,一般藏家都无法错过。

1954—1958年应该是贝努姆指挥生涯的全盛时期,可惜他1959年便英年早逝,那么这套纪念专辑同时也成了他生命晚期的写照。从所收内容看,大多为其前辈恩师门格尔伯格所擅长的曲目,与某个历史录音唱片公司最近发行的十张专辑内容十分近似,如果有条件,将这两套录音时间相隔十到二十年的专辑做一番比较是非常有意思的事情。

尽管贝努姆与门格尔伯格在一起共事长达十四年，两人个性与艺术风格却是大相径庭，甚至趋于两个极端。门格尔伯格受浪漫主义特别是后浪漫主义乐派影响极深，对技巧表现、和声厚度和音响色彩有近乎病态的迷恋。他用极度浪漫主义手法演奏巴赫和莫扎特，对贝多芬的作品也加大热情的浓度，为此，他甚至去删改原谱，以求得到他需要的声音。指挥台上的门格尔伯格更是强悍专制，充满夸张和虚饰，其激情澎湃如火山喷发，热力能够灼伤附近的每一个人。长期耳濡目染的贝努姆不仅没有受其影响，相反倒是有了免疫力，这种结局也算是造化弄人了。

贝努姆的诠释理念恰恰是"让作品自己说话"，他严格终于原谱，坚决维护作品构架的前后均衡，从不做细节上的夸大变化，这种风格特征使他一度蒙受"平庸"的评价。确实，门格尔伯格长期培养的一大批听众突然转而听贝努姆，怎能从习惯性的迷狂陶醉一下子沉静下来。不过也有评论家比较客观地指出，贝努姆在演奏贝多芬、勃拉姆斯或者瓦格纳的时候，确实非常呆板，少有激情，这也是他为何很少指挥马勒和理查·施特劳斯的原因，因为那样情绪饱满的作品并不适合他。

贝努姆对阿姆斯特丹音乐厅乐团最大的贡献在于他纠正了门格尔伯格在演奏浪漫派作品时发生的重大偏离，他让这个著名乐团的声音真正稳定下来，收敛起来，并在他的任期内达到整齐、严谨、敏感、精确、平衡的境界。贝努姆为人沉默谦和，他始终把自己当做乐团中普通一员，与每个乐手都有平等而开诚布公的沟通，使得乐手们在情感上与其十分贴近，对他的指挥意图总能心领神会。在贝努姆时代，巴赫、莫扎特、舒伯特和法国音乐的演奏次数比门格尔伯格时代大大增加，通过演奏这些作品，贝努姆逐渐确立了音乐厅乐团的基本声音特色，那就是音域更加宽广丰富，弦乐柔和平滑、优美明亮，铜管精确圆润，打击乐热烈而洪亮等。贝努姆把这些宝贵的遗产留给了继任者海丁克，显然后者的音乐风格得自贝努姆比门格尔伯格的要更多一些。

贝努姆指挥的巴赫《四首乐队组曲》虽然也有浪漫主义的解读痕迹，总的来说优雅多于热情，轻盈多于厚重，结构疏朗松弛，自始至终被一股持久的张力和内在的敏锐脉动所控制。阿姆斯特丹是"古乐运动"的滥觞之地，音乐厅乐团的乐手经常参加古乐团的演出，当然这都是贝努姆去世以后的事情。我的意思是说，荷兰在演奏巴赫乃至巴洛克音乐方面独树一帜，其传统应当是在贝努姆时代培育而成的。贝努姆时代的音乐厅乐团演奏的巴赫确实不同于德奥乐团，它更具有人情味和世俗性，也更柔和精致，特别是有一种天然的协调感。因为有了这个基础，后来有许多古乐大师来指挥这个乐团，尽管乐器不变，但出来的声音都有古乐团的味道。

纪念专辑还有一个重点是舒伯特的三首交响曲，正好回避了贝努姆所不擅长的"宏大叙事"作品——第九（伟大）交响曲。在这三首交响曲中，"未完成"虽然演奏得也非常精致唯美，在情感宣泄方面却有力不从心之处，也就是说不感人，而这部作品的全部功能应该就是"感人"。第三和第六就完全不同了，这是真正的交响小品，好像专门为贝努姆和他的乐团特性而写的一样,可以充分发挥他们的长处。

勃拉姆斯的作品其实并不需要外在的激情,特别是第一交响曲,各种情感因素都被写在乐谱上,只要能够把握结构,控制住旋律的发展,就会是一个很不错的演绎。贝努姆第一交响曲的迷人之处恰好就在于它的温文尔雅、协调稳定,音色既柔美又纯粹,是一个不可取代的独特版本。

法国音乐是贝努姆带给这个乐团的新的闪光点,德彪西的三部代表作品——《夜曲》、《大海》和《意象集》虽然被改变了色彩结构,但朦胧感的缺失换来的是音乐肌理的凸显。几十年之后,许多中生代或新生代指挥家纷纷以解剖手法诠释印象派音乐的时候,有没有想到早在1950年代,贝努姆大师已经这样做了?

被严重忽视的"钢琴教父"

阿斯肯纳斯的肖邦虽然并不完全符合肖邦的"本意",却是值得反复聆听、反复咀嚼、反复回味的肖邦,这是堪比正宗的并不走样的肖邦,既可以用来做音乐院校的肖邦琴课标准示范教材,又可以从可能性的多样化去阐发启迪的意义。

最近二十年开始听音乐的爱乐者如果知道有"肖邦圣手"之誉的斯蒂芬·阿斯肯纳斯（Stefan Askenase，1896—1985），可能大多是通过女钢琴家玛尔塔·阿格丽希这条线索。1960年代初期的时候，阿格丽希专门向马格洛夫和阿斯肯纳斯学过如何弹奏肖邦。不过经常被人提及的是，当阿格丽希因为感情危机而导致对音乐特别是弹琴产生厌恶之情时，最终帮助她战胜自我，解决心理危机的就是阿斯肯纳斯夫妇。这时他们已经在德国定居，阿格丽希经常到他们家小住，可以说这段时间与她接触最多的便是这位波兰钢琴学派屈指可数的老教授了。由于阿格丽希在最近十几年多次访问中国，国内许多报刊书籍在介绍阿格丽希的时候，免不了要讲到这段往事，因为正是这位阿斯肯纳斯给予阿格丽希第二次艺术生命，也正是由于阿斯肯纳斯的鼓励，阿格丽希才一举夺得肖邦钢琴比赛的第一名。

令人啼笑皆非的是，国内大多数写文章的人都把"阿斯肯纳斯"想当然地附会做"阿什肯纳吉"，殊不知二人年龄相差四十余岁，后者又怎么可能对几乎是同龄人的阿格丽希做什么"思想工作"或"心理辅导"呢？更不要说做她的肖邦老师了。因为只要查一下这段故事的语境，阿斯肯纳斯显然占据谆谆长者的位置，年轻的阿格丽希在这里不仅找到导师，还寻回父爱。可惜受这些报章文字的误导，许多音乐学院的钢琴老师和学生都错以为阿什肯纳吉与阿格丽希有特殊的师生关系，甚至还在演奏风格上牵强附会地阐发二人的传承和异同等等。

然而，如果不是因为DG唱片公司的"原版大师"系列将阿斯肯纳斯的录音做成一套七张的纪念专辑（DG 477 5242

GOM7），喜欢钢琴音乐特别是喜欢肖邦的人，恐怕真要与阿斯肯纳斯这位"文本肖邦"的伟大诠释者长期失之交臂。记得十年前DG在纪念肖邦逝世一百五十年推出的作品"全集"时，曾经选入阿斯肯纳斯弹奏的几首圆舞曲作为补缺，却并没有引起收藏者的重视。其实西方世界对阿斯肯纳斯的价值早就深信不疑。1960年代当他被聘为布鲁塞尔音乐学院教授时，便被频频邀请举办独奏音乐会，演奏系列肖邦作品，反响非常强烈。DG几乎是用最快的出版速度为阿斯肯纳斯制作多种肖邦专辑，曲目甚至扩大到莫扎特、舒伯特、李斯特和门德尔松。录音全在汉诺威的贝多芬音乐厅进行，这里曾经是DG唱片公司的总部所在地。

在听了海量的各种不同风格的肖邦之后，阿斯肯纳斯给我们带来的不是陈旧的解读，更不是所谓"老派"的一家之言，他给我的第一印象竟然是全新的因素。这种"新"表现在他的弹奏完全不受肖邦式剪不断理还乱的情感束缚，速度和力度始终保持理性的均匀，那种处变不惊的隐忍的大气和疏朗的布局无不表明，这是只有真正的大师才能呈现出来的肖邦意境。

阿斯肯纳斯的肖邦虽然并不完全符合肖邦的"本意"，却是值得反复聆听、反复咀嚼、反复回味的肖邦，这是堪比正宗的并不走样的肖邦，既可以用来做音乐院校的肖邦琴课标准示范教材，又可以从可能性的多样化去阐发启迪的意义。阿斯肯纳斯绝不像另一位学院派肖邦诠释大师马格洛夫那样呆板乏味，吝惜情感，他的琴声含有一种气概，随这种气概而来的有浪漫主义的气息，有革命的因素，有不容置辩的权威感，亦有艺术魅力不断增强的广阔空间。

阿斯肯纳斯弹奏的《夜曲》平缓静穆，意境高远，别开生面，于温暖中透出华丽，有非常朴素的画面感。他的重头戏当然也在第二、三奏鸣曲，深思熟虑的处理显然理性占据上风，在科尔托和米凯朗杰利式的海阔天空之外，我们感受到人类控制自我情感的奇迹发生了，这是受难者的史诗，是充满历史观点的叙事曲。独自一人的时候，我最喜欢一遍遍欣赏阿斯肯纳斯弹奏的波兰舞曲和谐谑曲，那质朴的优雅和高贵的粗犷如今再也没人能够演奏出来了，我们可以说这里面民间舞曲的原创性已经很少了，但他所造就的音乐性像是一股极端执拗的力量把听者死死抓住。

阿斯肯纳斯弹奏的肖邦第一、第二钢琴协奏曲分别由威廉·范·奥特鲁指挥海牙王宫乐团和弗里茨·雷曼指挥柏林爱乐乐团协奏，第一的合作者也许并不知名，但第二的合作者在20世纪50年代却是绝对大师级的组合，弗里茨·雷曼擅长德奥作品，所以他的宏大架构正好和阿斯肯纳斯的肖邦风格融为一体，从而诞生一个境界极为高妙的肖邦第二协奏曲。这是我要郑重向热爱肖邦的人推荐的。

我在金色的季节，于疲乏劳顿之时，听到阿斯肯纳斯为我们奉献这样一套内容充实而慷慨的钢琴盛宴，不独是肖邦让我感到由衷的宽慰，其他如莫扎特、李斯特、门德尔松、舒伯特等人的作品都是那么令人欣悦，令人遐思，真是幸何如之。

一位大提琴乐手在录音结束后,冲到妮尔索娃面前高声说道,听了她的演奏,自己永远不再演奏大提琴,说着把自己的琴摔到墙上,一时成为传奇。

大提琴祖母"惊艳重现"

大提琴是最适合女性的乐器,但是能够将这件乐器的深邃性和浪漫气质同时展现出来的女大提琴家并不多,英年早逝的杰奎琳·杜·普蕾算是一个,不仅是"一个",而且是最杰出最有名的一个。她是一个为大提琴而生的精灵,是一个音乐的异数!她在大提琴上倾泻了她的全部生命能量,她用大提琴燃烧殆尽了自己,因此成就一曲"大提琴的爱与死"传奇。

脱离开关于杜·普蕾的讨论,我不再相信大提琴是一件女性乐器了。拉大提琴的女性越来越多,但是我们能够听到的最优秀的大提琴声音一定属于卡萨尔斯、皮亚蒂格尔斯基、富尼埃、沙夫兰、詹德隆、罗斯特洛波维奇、哈莱尔、席夫等男性,就算是当今刻意走时尚路线的麦斯基、马友友、哈默维茨和朔特-穆勒,他们的琴声虽偏于女性化,却也具备没有哪位女性所能达到的雄浑与深沉。曾经一度被热炒的"大提琴美女"哈诺伊和克莱恩,首先我不以为她们是"美女",其次是她们一直在拉"轻飘飘"的曲目,过分迎合传媒、迎合大众。杜·普蕾之后,女性大提琴手基本都坐进了乐队。

我知道在杜·普蕾之前有一位大提琴"祖母级"的人物,她似乎早就成为尘封已久的模糊记忆。如果没有DECCA唱片公司慷慨大胆的功德,我们怎能一下子听到同样富于传奇色彩的女大提琴家扎拉·妮尔索娃装满五张CD的珍贵录音?

因为妮尔索娃的长寿,她几乎可以算作是我们时代的人。但是直到2002年才去世的她,却早早成名于1930年代,那时她在马尔科姆·萨金特爵士的指挥下于伦敦登台演奏爱德华·拉罗的大提琴协奏曲。即使萨金特爵士从来不相信世上有所谓

"神童"的传说,他在与妮尔索娃合作演出之后也抑制不住内心的激动,给予后者以相当高的评价与赞美。对于音乐造诣深湛的"指挥绅士"萨金特爵士来说,妮尔索娃以少年之龄将拉罗的音乐演绎得如此娇媚动人、大气磅礴,无异于一个奇迹,而且这个奇迹还将继续延续。

1936年,十八岁的妮尔索娃又在伦敦举行首次独奏音乐会,不出意料地受到一向苛刻挑剔的评论界异乎寻常的追捧与热议。我们知道,同样是大提琴家出身的著名指挥家约翰·巴比罗利爵士曾经是杜·普蕾的伯乐与知音,然而他在认识杜·普蕾之前已经有过被女大提琴家"征服"的经验,这位女大提琴家就是妮尔索娃。巴比罗利将自己知道的关于大提琴的一切都告诉了妮尔索娃,并把她介绍给大提琴巨擘帕勃罗·卡萨尔斯。卡萨尔斯同样对妮尔索娃称许有加,连续两个夏天允许妮尔索娃到西班牙和法国边界的普拉德小城(那里是卡萨尔斯创办普拉德音乐节的所在地)向他学琴,共同研修。除卡萨尔斯之外,妮尔索娃的另外两个老师分别是费尔曼和皮亚蒂格尔斯基,这种辉煌耀眼的师承简直不让杜·普蕾专美于后。

第二次世界大战爆发以后,妮尔索娃举家移居美国,在美国的音乐会持续引起轰动,她自己也意识到她已经是一位地位相当稳固的大提琴家了。从此以后,她几乎与世界上所有最著名的指挥家和乐团合作举行过音乐会,留下许多精彩的记录。

妮尔索娃不仅是舒曼、德沃夏克、拉罗、圣-桑等作曲家大提琴协奏曲的权威阐释者,还首演了许多首现代作品,比如欣德米特、肖斯塔科维奇、巴伯和布劳赫的作品。特别是巴伯将大提琴协奏曲题献给她并亲自指挥乐队为她录制唱片,这套纪念专辑收入的便是这个录音。据说整个录音过程非常顺利完美,妮尔索娃发挥了最佳状态,令所有在场的人激动兴奋不已。一位大提琴乐手在录音结束后,冲到妮尔索娃面前高声说道,听了她的演奏,自己永远不再演奏大提琴,说着把自己的琴摔到墙上,一时成为传奇。

1949年,妮尔索娃认识了犹太作曲家恩斯特·布劳赫并接受他的邀请参加在伦敦举行的布劳赫音乐节。在作曲家的亲自指挥下,妮尔索娃第一次演奏希伯莱狂想曲"谢洛摩",其对作品的深刻理解和优异的表现令作曲家大为感动,他们很快一起灌录了唱片。不久,布劳赫把自己的其他大提琴作品统统交由妮尔索娃演奏,并经常对人说:"妮尔索娃是我的音乐。"在妮尔索娃珍藏的一张由布劳赫签名送给她的照片上,布劳赫称她为"谢洛摩女士",意指她与"谢洛摩"已经是一个不可分开的整体。遗憾的是本套专辑收入的并非作曲家指挥版本,好在《三首大提琴与钢琴小品》的钢琴伴奏是布劳赫,历史性的瞬间仍能在此重现。

就我的聆听感受而言,妮尔索娃最令人欣喜的演奏是贝多芬全部的奏鸣曲和其他大提琴独奏作品。我感到这明显是一位真正的大师在演奏,根本听不出是一位女性。那种沧桑感,那种沉稳与豪迈,与贝多芬的意蕴如此贴近,如此契合。高贵的气质与纯朴自然的表现形式结合得那么天衣无缝,精心的修饰与有血有肉的情感布局互相交织,使耳熟能详的音乐重新滋生出引人注目的新鲜感及深刻内涵。这是多么不容错过的气象万千的贝多芬啊!

妮尔索娃没有录完巴赫的《无伴奏组曲》是一个巨大遗憾,仅仅一首"布雷舞曲"便已经内含玄妙,意境高远,有枯瘦笔墨。与此境界接近的是科达伊的《无伴奏组曲》,妮尔索娃的演奏典雅细腻,色彩纷呈,力道分配非常平均,尽量减弱粗犷的成分,使原本民间风情浓郁的作品一变而为形式唯美的纯音乐,这大概也算是对我们没有听她演奏更多的巴赫的一种补偿吧。如果觉得这样的补偿还不够划算,那么里格尔的《第二无伴奏组曲》应该更为接近巴赫,妮尔索娃的演奏大开大阖,鬼斧神工,华丽的技巧和精确的节奏听来是多么激动人心。

关于妮尔索娃与德沃夏克的 B 小调大提琴协奏曲及柴科夫斯基的《洛可可主题变奏曲》之间的关系,有一个故事可以听一下:有一次她去德国演出德沃夏克的大提琴协奏曲,坐到台上的时候,却听到乐队奏出的是《洛可可主题变奏曲》的前奏,这首曲子她已经好久没有公开演奏过,但她还是毫不犹豫地跟着指挥的手势接了下去,且不出一点疏漏甚至非常精彩地把它演奏完。原来乐团早就写信通知她改了曲子,但这封信她从来没有收到过。

缅怀"小巨人"吉列尔斯

世界上真有能将莫扎特弹得如此具有神性和自然性的天使吗?听这个录音就像听到莫扎特最真实可信的歌唱一样,这种感受我是从不曾有过的,即便在听那两张 ORFEC 唱片时都没有。

出生于敖德萨的乌克兰钢琴家艾米尔·吉列尔斯过早地去世，是20世纪末全球乐坛最无法挽回的惨重损失。用美国一位著名音乐评论家的话讲，他的琴艺刚刚达到一个令其他人无法企及的境界就倏然离去，留下一大片曲目上的空白，其中最令人扼腕的是他经过精心周密准备的贝多芬第三十二首奏鸣曲（作品111）已经临近录音前夕却永远也无缘听到了。

吉列尔斯的代表性录音并不丰富，最好的几乎都在DG厂牌，来自俄罗斯"旋律"（MELODIA）厂牌的东西良莠混杂，在EMI的一些协奏曲虽有很大的名声，但对于听过他现场演奏的人来说，唱片里的声音是远不能与之相比的。毫无疑问，他为DG录的贝多芬是最值得反复聆听、反复咀嚼、反复回味的，这个后来汇为九张套装的专辑唯独不包括作品111，无与伦比的《"英雄"变奏曲》可以作为最贴心的补偿。

当我钟情于吉列尔斯的贝多芬之际，却道听途说来许多关于他的传说，比如德国最权威的评论家约阿希姆·凯泽尔对吉列尔斯弹奏斯卡拉蒂的评价：任何想要弹斯卡拉蒂的人向吉列尔斯学一辈子都学不会。这些话经常引起我的好奇心，我上哪儿去找到吉列尔斯弹的斯卡拉蒂呢？我还听到一种说法，认为吉列尔斯的斯卡拉蒂和米凯朗杰利是一个级数的，这更加吊起了我的胃口。

1969年吉列尔斯举行了他的萨尔茨堡"首演"，他弹的莫扎特被评论家誉为"第一个将莫扎特置于和贝多芬同等地位的钢琴家"。此后他便作为萨尔茨堡最尊贵的艺术家而连续几年受到邀请。慕尼黑的ORFEO唱片公司出版了1970年和1972

年的实况录音,曲目包括莫扎特的K.533和K.494、舒伯特的D.784和D.780、勃拉姆斯的幻想曲作品116以及李斯特的B小调奏鸣曲。尽管人们对他权威的勃拉姆斯和李斯特同样折服,但一听难忘或者说被彻底震撼的还是莫扎特,公认成就在里赫特、古尔达和阿劳之上。

我绝对相信20世纪最伟大钢琴家以里赫特和吉列尔斯作为"双璧"这一说法,然而里赫特的地位看起来更加稳固,没有任何疑议,而把吉列尔斯放到如此高的位置似乎就不那么具有说服力。我想有几方面的原因遮蔽了吉列尔斯的实际地位:其一是他把大量时间放在莫斯科,给他的导师涅高兹(一译纽豪斯)做助手,承担很繁重的教学任务;其二是他的录音档案混乱芜杂,除晚期为DG有计划地录制贝多芬之外,少有在主流唱片公司较系统的录音。奇怪的是,许多小厂牌发行的里赫特各种音乐会实况都很受市场追捧,而吉列尔斯在前苏联留下的数量可观的珍贵记录却不那么受西方待见。这是我至今也参不透的一个迷局。

吉列尔斯以六十九岁的"低龄"去世,至今已有三十余年,他就像20世纪所有艺术大师一样,巨大的背影已经渐行渐远,宛若隔世。但是当我们纪念一个又一个百岁大师之后,却被提醒伟大的吉列尔斯才刚刚年过九旬。DG以"原版大师(Original Masters)"和"永远的莫扎特"名义发行三套唱片来纪念大师生日,分量最重、部头最大的一套是将从前的九张贝多芬再版,价值最稀罕的是1935—1955年间的"早期录音",而对我来说最具有文献解读意义的是1970年1月萨尔茨堡的莫扎特,它比 ORFEO 早先出品的两张唱片精彩十分！

"早期录音"里的所有资源完全来自莫斯科，而且是第一次以 CD 面目问世。最早的 1935 年演奏的罗埃利/戈多夫斯基《基格舞曲》和舒曼《托卡塔》都是炫技的代表性作品，十九岁的吉列尔斯以无敌技巧稳稳控制住局面，设计均衡，起伏有致，只可惜钢琴声音信号的拾取有些失真，多听令人难耐。1949 年演奏的肖邦 G 小调第一叙事曲像散文诗一样有开阔的气息和平缓的铺陈，沉静处无欲无求，激烈处神采飞扬，仅此一曲就勾起我想再听他后来演奏的肖邦的欲望，那一定是境界更上层楼的演绎吧。1940 年演奏的李斯特降 E 大调《帕格尼尼练习曲》精巧而优雅，毫无张扬与夸饰的痕迹，它与接下来的第九号《匈牙利狂想曲》形成一种形式上的对比，而后者是一个令乃师涅高兹也惊叹不已的演绎，1951 年的吉列尔斯已俨然大家风范，他以平视角度诠释李斯特，以灵巧放松的触键和稳健的节拍层层递进，几乎是不动声色地将李斯特"狂想曲式"的妙处逐渐地一一呈现，歌唱性和逻辑性结合得比例恰当，天衣无缝。

五首斯卡拉蒂录于 1955 年，K.159 好到几乎叫人起立喝彩，缜密的句法和剔透的音色以及工整的对位结合在一起无不妙至毫巅，这使我想起从前推崇的波戈莱利希和米凯朗杰利，后二人似乎都没有吉列尔斯那样沉着冷肃的底气，往往徒具华丽音色而忽略内在逻辑的不容置辩性。K.27 更像是一次首尾相接的内在逻辑推演，那种沉静和淡然的意态令人心醉不已，来自大自然的神奇呼吸啊！它在我闭上双眼的时候呵护我悄然入梦。K.380 是一支名曲，不知有多少人在弹它。吉列尔斯弹出了大气，弹出了婉转，弹岀了傲视一切的睥睨。我本来以为这样的境界只在他晚年才出现，为何1955年竟有如此奇迹发生？！

第二张CD旦有贝多芬的C大调奏鸣曲作品2之三和梅特纳的G小调第三奏鸣曲，都是1952年的录音。以那个年代的视角来看吉列尔斯的贝多芬，他的浪漫主义是朴素而健康的，同时也发生了一些新奇而特殊的效应。第二乐章的高音区主题带有雾茫茫的朦胧色彩，支撑声部迂回往复，带有魔幻多变的不可知意味，这是至今听来都令人动容的第二乐章。记得布伦德尔说他最钟爱贝多芬这首奏鸣曲，但是听他的录音却听不出到底特殊在何处，似乎这个谜在听吉列尔斯这个更老的录音时有了答案。这几乎是一个没有任何难度的乐章，但是就像弹莫扎特一样，谁能将有形之有化作无形之无呢？吉列尔斯不仅自己沉醉于冥想之中，还引导听者进入他的解题世界——这是一道永远也无法解答的数学题，其乐趣就在于寻找各种能够排列出来的层层缠绕的可能性。第三乐章越发不像贝多芬了，倒有点古尔德弹巴赫的旨趣，那略显机械的无表情的玲珑律动，将乐思带入更加不可知的乐园，"小巨人"的小机智竟是如此饶有趣味，与他特有的大开大阖实在是大相径庭了。

吉列尔斯毫无疑问是他的同胞梅特纳作品的演释权威，但是这种权威竟是那么富于亲和力和人情味，他把梅特纳演奏出潺潺不息的流动感，左右手既交错又分离的那种极具弹性的张力使梅特纳原本略显枯燥的高技术含量披上光怪陆离的形式美外衣。此时吉列尔斯一定是面无表情的，他的严肃亦未尝不是一种权威的表现，他对外在形式的追求是由深刻的内在控制作基础的，随着逐个乐章的深入及延展，乐思及音响厚度的膨胀越来越目的明确，导致出现两个发展的方向，一个超然而轻松地袅袅上升，一个留下慢慢沉没，悄然归隐于行将封闭的内心。没有吉列尔斯的梅特纳是不可言说的，或者说无从说起更为适当吧？

　　吉列尔斯的莫扎特不仅是"天籁"，而且是崇高而洁净的"白日梦"。K.281的降B大调第三奏鸣曲声音明亮高洁得完全不食人间烟火，世界上真有能将莫扎特弹得如此具有神性和自然性的天使吗？听这个录音就像听到莫扎特最真实可信的歌唱一样，这种感受我是从不曾有过的，即便在听那两张ORFEO唱片时都没有。但是为什么这个在1970年莫扎特生日前后的演出录音竟一下子达至这样凡人无法企及的境界呢？这是我连日来不停思索的问题。我沉浸在与莫扎特近距离相处的愉悦中，深深感到语言的乏力，我再也无从形容这是怎样一种莫扎特啊！也许K.398的变奏曲会把我的听觉拉回现实，但是吉列尔斯的平均与缜密还是将一切具象与抽象悬在空中，他在变化中会适当增强一点力度，但总是浅尝辄止，甚至用突然减慢的速度来抵消力度的微微增量，接下来又是一片沉寂，变奏曲不是一步步推向高潮，而是向"无"的深处缓缓退去，滴水不漏的流向昭示了义无反顾的决心，偶尔灵光一闪的俏皮当你想攫住它的影子时总是转瞬即逝。你会将期待转入下一首曲子。

　　K.397的D小调幻想曲貌似简单，却是已经很靠近贝多芬的风格了。吉列尔斯的演奏有力地阐明了这一点，而我如果说这不是贝多芬竟然需要一番勇气。

终于听到如仙乐一般的 K.310 啦！听过吉列尔斯的演奏，我竟有此生可以瞑目的怪念头。这同样是用语言无法说得清楚的事情。总之我再听别人演奏这部作品就有被亵渎的感觉。其实我决定写这篇文字的全部动力便来自吉列尔斯弹的这首 K.310，然而我对这个演奏却是真的无话可说，这只有对生命再无所求，对此在心满意足、对彼岸信心满怀的人方能自然流露出这般情愫，这情愫的力量当然是强大的，强大到能够催人泪下，强大到令你既无限留恋人间世而又完全无可留恋。就让我一直呆在第二乐章那洁白无瑕的"白日梦"境里吧！

第二张唱片是一个再版，吉列尔斯弹的降 B 大调第 27 协奏曲，以及和他的爱女海伦合奏的降 E 大调双钢琴协奏曲，由卡尔·伯姆指挥维也纳爱乐乐团协奏。这是在任何规模的唱片收藏计划中都不可或缺的名版，各种赞誉已经很多，在此不再赘述。

独一无二的卡拉扬

较之富特和切利,卡拉扬在心智上无比健全,无比坚定。他具有高度的综合与平衡能力,善于博采众长,为己所用。

1955年,赫伯特·冯·卡拉扬以不满五十岁的年龄继威廉·富特文格勒之后执掌德国最好的乐团——柏林爱乐乐团,将最有可能继承富特文格勒衣钵的赛尔吉乌·切利比达克赶出了柏林。紧接着,卡拉扬又通过在萨尔茨堡艺术节的至高领导权而控制了奥地利最好的乐团——维也纳爱乐乐团。在此之前,他已经通过与唱片制作人瓦尔特·里格的特殊关系而成为EMI唱片公司当家指挥家,先于奥托·克伦佩勒成为英国爱乐乐团的掌门人。进入1960年代以后,卡拉扬改换门庭,指挥维也纳爱乐乐团为DECCA录音,并逐渐成为DG公司的专属艺术家和品牌象征。五六十年代日益发展繁荣的唱片工业造就了卡拉扬,卡拉扬对录音录像制作过程及重放效果的迷恋开创了音乐家反作用于录音技术的先河,这个时代是典型的"卡拉扬录音时代",是音乐得以在最广泛的范围内传播的时代,是唱片工业的"黄金时代",也是音乐接受的"黄金时代"。

一直以来,人们对富特文格勒在最后时刻选择卡拉扬而非切利比达克作为接班人多持微词,殊不知这正是富特弥留之际深思熟虑、境界高远、慧眼识人的结果。如果说到富特对切利的妒忌之心,他应该对卡拉扬忌惮更甚。当富特已经受瓦尔特·里格的"蛊惑"而逐渐热衷于录音室录音的时候,他不仅与切利比达克存在音乐记录观念上的分歧,还对瓦尔特·里格将英国爱乐乐团交给卡拉扬放手使用大录特录经典作品心怀不满。常常是富特刚指挥完莫扎特歌剧的萨尔茨堡盛大演出,里格便指定卡拉扬指挥原班"卡斯"在伦敦著名的阿贝路1号录音。这样的事情在进入1950年代以后连年发生,让富特常为此郁郁寡欢。

但是，富特还是没有将柏林爱乐乐团交给战后乐团第一大功臣切利比达克，后者甚至是为他洗脱"纳粹"罪名的关键之人。在这一点上，不能不说富特骨子里有不可克服的弱点甚至缺点，但是他选择卡拉扬却证明他是具有艺术与社会效应正确判断力的大师，是胸怀远见卓识的伯乐。

较之富特和切利，卡拉扬在心智上无比健全，无比坚定。他具有高度的综合与平衡能力，善于博采众长，为己所用。他将富特文格勒与托斯卡尼尼的风格熔于一炉的理想绝非妄言，即便当世没有人真正做到这一点，卡拉扬也是最接近的一位。如果说在卡拉扬1960年代为DG录制第一套贝多芬交响曲全集以前，他的风格更接近富特文格勒的话，以这套贝多芬交响曲全集为发端，卡拉扬实际上已经偏向托斯卡尼尼的路线。所不同者在于，托斯卡尼尼还在维护一种音乐的纯粹和质朴，而卡拉扬将唯美的音色和华丽的质感植入音响当中，呈现出管弦乐在紧张的线条中焕发的耀眼光芒。

值此卡拉扬百年寿辰之际，我们不仅对卡拉扬1955年之后的立体声音响致以丝毫不减的敬意，还要对此前特别是1940年代的录音加以有明确指向性的重温甚至高度重视。DG在2006年发行的ORIGINAL MASTERS六张套装汇集了三四十年代卡拉扬指挥柏林爱乐乐团、柏林国家乐团、阿姆斯特丹音乐厅乐团、都灵广播交响乐团的珍贵录音，今天听来尤其别有意味。我们可以把这些录音和同时代的库贝利克、索尔蒂、旺德、切利比达克甚至约胡姆、瓦尔特、克纳佩尔茨布什、阿本德洛特、托斯卡尼尼和富特文格勒的录音做一番对比，可以发现，卡拉扬的才气、锐气及个人的气质秉性都有很独特的表达方式,他不同于富特的坚定的控制力,有自己所追求的音乐深度和诠释路向,这显然与切利的快速、库贝利克的刻板以及索尔蒂的粗粝有极大的不同。

卡拉扬指挥艺术的最好年华是六七十年代,进入1980年代以后,数字录音技术和CD介质的出现使卡拉扬如虎添翼,在通过机器获得声音重放效果方面进入"追求无极限"的境地。

DG唱片公司1980年代中后期开始发行一套名为"KARAJAN GOLD"系列的金装唱片,将卡拉扬的"数字录音"以一种崭新面貌再版正价发行。这套唱片的经久畅销一方面是卡拉扬确实提供了焕然一新的音响模式,另一方面是将他晚年对瓦格纳、理查·施特劳斯以及布鲁克纳的感同身受的重新解读通过最新技术手段进境到时代的最高级重放标准。金色质感的包装和昂贵的价格以及吝啬的容量都使得这套唱片身价极其尊贵,至今仍有较高的收藏价值。

恰恰因为这套录音,引发关于"音乐录音"的极大争议。卡拉扬主宰了录音制作的全过程,华美丰厚的声部平衡,如黄金般灿烂的音响,结实饱满的节奏,戏剧感十足的动态转换,紧张而冷峻的旋律线条,这些对耳朵有极大吸引力的因素,有多少来自于柏林爱乐大厅的真实音响?有多少是通过录音室后期加工实现的?

尽管如此,卡拉扬仍然是双重意义甚至多重意义的胜利者。他重新确立了音乐在新时代的价值、在新时代的表现形式及生存空间。卡拉扬时代,音乐仍处于至高无上的地位。在音乐被高高供奉的地方，卡拉扬是当之无愧的大祭司，是尽职的守护者。他既应运而生，与时代同步，又超越时代，表现出鹤立鸡群的前瞻性。

  卡拉扬留下的遗产远比任何人都要丰富，都要有价值。无论音乐诠释史向前走多远，卡拉扬时代都是浓墨重彩的一页。有多少人通过卡拉扬认识了音乐，认识了交响曲，认识了贝多芬？卡拉扬的音乐在今天看来，仍然是极显尊荣，高度真实，唯美华丽。当我们以"演录俱佳"作为唱片版本的选择标准时，多少卡拉扬得心应手的曲目始终绕不过去。如果说，伟大的富特文格勒只有一个，那么，卡拉扬难道会有第二个吗？正是因为有卡拉扬的"现象"存在，作为他的极端反面——切利比达克的存在才显得更有意义。

卡拉扬的背影

　　卡拉扬虽然逝去，但他的背影始终清晰，而且随着岁月的推移，只能是更加清晰。无论音乐演奏技术和录音技术在卡拉扬身后的近二十年有何大的发展，"卡拉扬产品"都是能够经受住任何考验的。

德意志和奥地利因历史和地理的变迁，经常会给认知系统造成一些错误的识别，比如希特勒明明是奥地利人，却作为千古罪人被永远钉在德国历史的耻辱柱上；莫扎特无论是父亲的出生地奥格斯堡还是他的出生地萨尔茨堡，都属德意志的管辖地，这样一个地道的德国人，却最终以奥地利最著名的人物而载入史册（不独是音乐史）。再说当今世界最家喻户晓的指挥家赫伯特·冯·卡拉扬，他职业生涯的起点是德国的乌尔姆和亚琛，一生最辉煌的艺术生涯是执掌德国的柏林爱乐乐团并将其塑造为世界排名第一的交响乐团。我相信长期以来绝大多数人都把卡拉扬视为"德国指挥家"，特别是他名字里那个代表德意志贵族地位的"冯"（von），更容易加深这种误解。

当然，现在绝大多数喜欢听音乐并关注卡拉扬的人都知道他是奥地利萨尔茨堡人了，至于那个"冯（von）"，其实就是英文中"from"的意思，只有贵族才以地名为姓氏，而这个地名往往就是封地、领地，有封地、领地的自然便是贵族了。只是"karajan"这个地名，据考证乃属希腊，也就是说卡拉扬有希腊血统，是不是德意志贵族就很难考证了。

1908年4月5日，卡拉扬在萨尔茨堡新城河滨的一座带庭院的漂亮房子里出生，现在这座房子就位于连接老城与新城的"主桥"的桥头一侧，庭院里一尊卡拉扬挥棒指挥的塑像很轻易地便吸引到游客的目光。在卡拉扬1989年7月16日去世前，萨尔茨堡的卡拉扬痕迹一度重于莫扎特，他是规模盛大的萨尔茨堡夏季艺术节的灵魂，是开销昂贵的萨尔茨堡复活节音乐节的主宰。卡拉扬将晚年的大半时光停留在萨尔茨堡，这里是他的"拜罗伊特",一个王朝的宫堡,一个由"卡拉扬君主"统治的国度。

卡拉扬在萨尔茨堡近郊阿尼夫巍峨的终年积雪的阿尔卑斯山脚下广袤的草原上兴建了自己的宫殿,一处外形简朴古雅的大木屋,它孤单地被围于禁地之中,只有一个规模不大的马场与其相伴。距它数里之外,也有一处造型材质非常相近的房子,那是意大利指挥家里卡多·穆蒂的,他是卡拉扬嘱意的接班人,只可惜被酝酿变革的萨尔茨堡人不动声色地削夺了权力。

卡拉扬生命的晚期被诸多疾病折磨,却丝毫不见生命之火熄灭的迹象。他仍然掌控全局,姿态强硬,事必躬亲,一丝不苟。他的演出录音计划不断翻新,音乐品味只上不下;他对现代音乐始终保持清醒的甄别,萨尔茨堡的门槛仍然很高;他因聘用女单簧管乐手而与柏林爱乐的大多数乐手继续僵持,绝不妥协,帝王尊严容不得半点忽视;他还在为每年的歌剧新制作费尽心力地挑选歌手,发掘新秀;仍然热衷于亲自导演,哪怕身体行动已经非常不便。在卡拉扬的领地里,一切都必须完美无缺,萨尔茨堡的一切值得充分地享受。即便卡拉扬心中的神灵肯定是他的乡党莫扎特,他也为他在声望上取而代之而心满意足。在那个年代的萨尔茨堡,包装纸上印有他的头像的"巧克力糖球"甚至比"莫扎特糖球"还要抢手。

卡拉扬死得实在突然,新制作的《假面舞会》已经排练完毕,原班人马的柏林爱乐大厅的录音业已完成,只待7月25日首演时刻的来临。卡拉扬的死像极了瓦格纳,同样是心脏病猝发,瓦格纳倒在柯西玛的怀里,卡拉扬在他的飞机玩友、索尼唱片的大贺典雄臂弯中阖上双眼,地点在阿尼夫他的房子里。

耐人寻味的是,无论是欧洲乐坛还是萨尔茨堡艺术节,在"后卡拉扬时代"的十余年中,消除卡拉扬影响的运动竟然轰轰烈烈,如火如荼。不仅"卡拉扬的敌人"罗马尼亚指挥家塞尔吉乌·切利比达克被封为"新神",许多与卡拉扬风格迥异的指挥家也被作为他的对立面而大受追捧。似乎卡拉扬的"标准化时代"已经使命终结,音乐接受的历史从"启蒙"进入"狂飙",甚至大有清算"错误启蒙"的势头。这真是人心与艺术鉴赏力的悲哀。

我在1999年曾经为卡拉扬去世十周年写过一篇替他辩护的文字,至今坚持那里面的基本观点。卡拉扬虽然逝去,但他的背影始终清晰,而且随着岁月的推移,只能是更加清晰。无论音乐演奏技术和录音技术在卡拉扬身后的近二十年有何大的发展,"卡拉扬产品"都是能够经受住任何考验的。在大师越来越稀缺的时代,卡拉扬制定并身体力行的标准仍然高不可攀,能够望其项背的实属凤毛麟角。德国中生代指挥家克利斯蒂安·蒂勒曼只是在瓦格纳和理查·施特劳斯部分曲目上现出一点卡拉扬的端倪,便被评论界惊呼为"小卡拉扬"。根据最新消息,蒂勒曼在成功执掌曾经是切利比达克"禁脔"的慕尼黑爱乐乐团以及刚刚被任命为拜罗伊特瓦格纳歌剧汇演音乐指导之后,有可能继意大利人克劳迪奥·阿巴多和英国人西蒙·拉特尔之后成为柏林爱乐乐团的新掌门人。

也许只有到了"蒂勒曼时代","后卡拉扬时代"才能最后宣布结束,因为"音乐制造"重新回到了卡拉扬轨道。

他一个人就代表了一个时代

  帕瓦罗蒂是意大利歌剧史上的异数,他的声音表面看来是基于一种本能,或者说一种传统,只是因为它与帕瓦罗蒂那大智若愚的脸庞、那体积庞大的身躯、那发音听起来给人一种毋庸置疑的信服感的名字发生了联系,就变成了一个能够被普罗大众广泛接受的象征,意大利歌剧的象征,那波里民歌的象征。

一个伟大艺术家舞台生涯的结束与生命之火的熄灭几乎同时完成,这让我既感欣慰又深怀忧伤。我刚刚在电影《女王》的历史资料镜头里看到帕瓦罗蒂的身影出现在戴安娜的葬礼上,就意外地接到朋友的手机短信,告之"老帕过世了!"

2007年,在我是充满死亡与离别的年份,每写一篇痛悼我心中尊重并怀恋的人的文章,就让我的心深深地颤抖片刻。面对如此多意料之中又突如其来的死亡,生者最好的态度应该是遗忘,而非回忆。

但是,帕瓦罗蒂无疑会勾起我太多的回忆,正如大多数能够记取帕瓦罗蒂的人一样,在我们这个时代,在那似乎已经非常遥远的年代,我们每一个有机会进入意大利歌剧殿堂的幸运者,都不可能绕过帕瓦罗蒂这道辉煌而巍峨的大门。从1970年代开始的二十年是帕瓦罗蒂艺术的黄金年代,他一个人就填补了伟大的克莱里、纳布科、贝尔贡奇退出意大利歌剧舞台后留下的真空,重新塑造了贝利尼、罗西尼、董尼采第、威尔第、普契尼、乔达诺、列昂卡瓦罗、马斯卡尼等作曲家笔下的角色,使所有这些耳熟能详的英雄声音统统打上帕瓦罗蒂的印记。在那个帕瓦罗蒂"笼罩"一切的岁月里,无论是听收音机还是在音响系统听录音,辨认帕瓦罗蒂的声音只需几秒钟,因为这个声音不可模仿,不可替代,它只属于帕瓦罗蒂本人。这是一个未加任何修饰的声音,它既没有技术训练的痕迹,又少见前辈大师的影响;它既是最纯粹的意大利声音,又全然不见意大利声乐体系的烙印。我曾经听过帕瓦罗蒂在DECCA唱片公司的第一张唱片录音,除了在刻画情感方面稍微有一丝拘谨外,那声音完全是打开的，是甩掉所有羁绊一飞冲天的气势，那歌声是多么回肠荡气，你甚至可以说那声音是缺少教养的，但无疑是质朴感人的，他声音的纯度就是一种美，这大概可以说是歌剧"原生态"的美，尽管意大利歌剧自蒙特威尔第之后未曾出现过这种所谓的"原生态"，但我宁愿阿尔弗雷德、曼图瓦公爵、卡瓦拉多西、卡拉夫王子、平克顿等原本就是这样具有天生质地的美声。

帕瓦罗蒂摆出歌剧"通吃"的架势，但他始终不碰德国歌剧，更极少涉猎法国歌剧。这是他的自知之明，也说明他并不像某些歌唱大师那样总有挑战自我极限的人生态度。帕瓦罗蒂在艺术的巅峰期过后，非常自然地转入生命的另一个奋斗领域。"三高"也许是情不得已，但"帕瓦罗蒂和他的朋友"这一品牌却使他投入大量心血。在这个系列的演出当中，帕瓦罗蒂是作为一个"慈善大使"的符号存在的。这里没有"古典"与"流行"的乏味概念，更没有孰优孰劣的无聊判断，有的是真正伟大艺术家的拳拳寸心、赤子之情。这个时刻的帕瓦罗蒂格外令人感动、激动，为他的亲和力、为他的良好人缘、为他在家乡莫德纳的崇高地位和无敌人望。

帕瓦罗蒂是可爱的，他与同时代众多大师同台合作，口碑极佳。他在声乐教育这个阶段等于空白，却在最走红的时候虚心听取合作者的意见。他的声音具有相当的可塑性，但在走向成熟的过程中，却能把最好的最具代表性的本质因素完整地保留下来。帕瓦罗蒂是意大利歌剧史上的异数，他的声音表面看来是基于一种本能，或者说一种传统，只是因为它与帕瓦罗蒂那大智若愚的脸庞、那体积庞大的身躯、那发音听起来给人一种毋庸置疑的信服感的名字发生了联系，就变成了一个能够被普罗大众广泛接受的象征，意大利歌剧的象征，那波里民歌的象征。

帕瓦罗蒂是2007年去世的第N个伟大歌唱家，但却在全球乃至中国引起空前关注。我希望能把意大利歌剧的帕瓦罗蒂与"三高"的帕瓦罗蒂区分开来，只有这样才能显示出对亡者的尊重。我不讳言绝大多数音乐爱好者是通过"三高"知道了帕瓦罗蒂，通过帕瓦罗蒂认识了意大利歌剧。但是，当一颗巨星陨落的时候，我们不是更应当记取那颗星星最璀璨的时刻吗？

帕瓦罗蒂和他的时代一起终结。也许还会有"帕瓦罗蒂第二"或"小帕瓦罗蒂"出现，但那是声音的概念还是行为的概念，抑或是环境的概念，至少对帕瓦罗蒂本身已无意义。假如人们希望通过帕瓦罗蒂的"转世"来寄托对他的怀恋，沉浸在帕瓦罗蒂留下来的大量录音录像遗产中，我想感觉一定会越来越好。

一个时代的终结

　　一个非凡的人,当他的肉体在这个世界消失的时候,我希望他的精神永存;一个伟大艺术家被召回天国的时候,我希望他的艺术能留在尘世陪伴我们。当一颗星星光芒日益黯淡并最终陨落的时候,我希望它被我记取的永远是那最璀璨的时刻。

无论帕瓦罗蒂是否去世，他的时代都已在他退出表演舞台之前即宣告终结。帕瓦罗蒂艺术生涯的最后十余年是辉煌的甚至是如日中天的，他让全人类通过"三高"及"帕瓦罗蒂和他的朋友"两个品牌最大限度地传播了他的名声，并通过他的名声进而踏入男高音或者意大利歌剧的殿堂。可是，在这个极其庞大的人口基数当中，到底有多少人能够进一步去发现和欣赏真正的帕瓦罗蒂声乐艺术呢？他们心目中的帕氏声音定式不是与另外两位早已气力不济的男高音比拼"我的太阳"的长气口，就是飙"今夜无人入睡"的突兀的高音，更有可能对胃口的是他在一大群病病殃殃矫揉造作的流行歌手当中一枝独秀、穿透一切的高频甚至高分贝的大嗓门儿，以为这就是古典音乐或者"美声唱法"的大获全胜。不！帕瓦罗蒂最后十余年的家喻户晓、妇孺皆知，并不是真实的帕瓦罗蒂！当他成为娱乐巨星出现在八卦小报的时候，他的真正的艺术成就，他在意大利歌剧表演史以及在歌剧录音史上的地位被忽视甚至被掩盖了。

2007年刚刚过半，已经有好几个名声煊赫的伟大歌唱家离我们而去了，但是他们没有一个像帕瓦罗蒂这样引起全社会的关注，这就是大众娱乐的力量，媒体的力量。然而这种力量的体现，仍然可能造成大面积的误读，大多数人的本能反应是剩下的"两高"怎么办？"帕瓦罗蒂接班人"的桂冠到底应该戴在谁的头上？

一个非凡的人，当他的肉体在这个世界消失的时候，我希望他的精神永存；一个伟大艺术家被召回天国的时候，我希望他的艺术能留在尘世陪伴我们。当一颗星星光芒日益黯淡并最终陨落的时候，我希望它被我记取的永远是那最璀璨的时刻。对于帕瓦罗蒂来说，他在生命最后十年所发行的不断打破销量记录的各式新专辑，都不能见证他的艺术的最高成就。

帕瓦罗蒂最高的艺术成就同样体现在他的录音里，它们是七八十年代优良的录音室制作，有着剧院实况录音不可比拟的完美性。在包括贝里尼、董尼采第、罗西尼、威尔第、普契尼、乔达诺、马斯卡尼、列昂卡瓦罗等伟大的意大利歌剧作曲家在内的经典歌剧当中，帕瓦罗蒂继克莱里、莫纳科、贝尔贡奇之后，重新演绎了精神面貌及声音特质完全不同的主人公角色，为歌剧舞台带来一股强劲的清新之气。帕瓦罗蒂的声音具有天生的纯质，未加任何修饰却华美清丽，回旋有余。他有第一流的乐感，毫不矫揉造作，对付所谓的高难乐段简直不费吹灰之力，特别是在一连串的"高音C"上，声音完全不见变形，胜似闲庭信步。

也许仍会有专业人士并不屑于赞扬帕瓦罗蒂的声音，在他们看来，与传统的意大利声乐前辈比较而言，帕瓦罗蒂的声音缺少修养，更不见技巧的运用痕迹，或者更以为他是"嗓大无脑"，不懂得刻画角色，演唱的所有东西都没有深度，等等。我认为这样的评价对帕瓦罗蒂是不公平的，帕瓦罗蒂不能和他的前辈相比，正像帕瓦罗蒂的同时代或者后一代不能和他相比一样。帕瓦罗蒂的价值在于他是不可替代的，他一个人就代表了一个时代。在帕瓦罗蒂的全盛时期，我们可以称他为"我们时代的卡鲁索"，因为我们无法通过音效极差的历史录音来准确判断卡鲁索到底有多伟大。但是我可以肯定在帕瓦罗蒂之后，再也不可能出现"我们时代的帕瓦罗蒂"。因为历史向前发展了，而意大利声乐艺术的没落仍在继续。

对于唱片爱好者来说，寻找并收藏一部歌剧的完美录音几近奢望。但是在折衷思想的引导下，以"唱录俱佳"作为标准也许聊胜于无。帕瓦罗蒂的许多歌剧录音便大多符合这样的标准，所以在我的唱片架上，DECCA唱片公司出品的《连队的女儿》、《安德烈·谢尼埃》、《图兰朵》、《茶花女》、《蝴蝶夫人》、《波希米亚人》、《托斯卡》、《清教徒》、《玛丽·斯图亚特》、《威廉·泰尔》等，都是作为首选版本而摆在举手可得的位置。在这些录音里，与帕瓦罗蒂合作的几乎全是那个时代最伟大的人物——卡拉扬、萨瑟兰、弗莱妮、乔洛夫、卡巴耶、蒂·卡娜娃等，然而在如此灿烂的星光下，帕瓦罗蒂始终是最耀眼的那颗，无论是哪一款录音，听过之后留下最深印象的，永远是帕瓦罗蒂那几秒钟即可辨认的独特的声音。

我的导师周一良先生十年前在我打算为他编一套全集的时候曾经说过，"全集"的概念就意味着把"灾梨祸枣"都收进去，是要贻误后人的。对于魂归天国的帕瓦罗蒂而言，"三高"的帕瓦罗蒂和意大利歌剧的帕瓦罗蒂是完全不同的两个概念，它所呈现给聆听者的也是完全不同的两种声音。作为生者，我们推崇哪一个更合亡者的心意呢？

大提琴总是带来悲伤

亲爱的斯拉瓦,我记得你演奏的舒伯特A小调吉他性大提琴奏鸣曲所给予我的夜中的静默,你一定会感觉到,我现在用舒伯特的C大调弦乐五重奏为你送行。

这世上什么样的事情算是命运的启示？我已经多次有过类似的际遇。4月下旬的一次旅途，我的iPod里传来最多的音乐是舒伯特的C大调弦乐五重奏，由斯图加特梅洛斯弦乐四重奏团演奏，担任另一个大提琴声部的是罗斯特洛波维奇。这是怎样的一首乐曲，比《死与少女》更忧伤，但更有力量。它描述了生命的起始，揭示了内在世界的骚动与趋于寂静的挣扎，它与死亡有关，却直接指向灵魂深处、思想的境地。

我一向迷恋这部作品的大提琴声部，最著名的版本是卡萨尔斯和托特里埃。在我听到的这个录于1977年的版本中，罗斯特洛波维奇年富力强，那位并不知名的四重团成员彼得·布克还是时髦小伙子的气质。我极为推崇梅洛斯四重奏团的理性与现代感，对他们演奏的贝多芬、舒伯特、舒曼、勃拉姆斯情有独钟。可惜当我能够系统聆听他们的录音之时，这个四重奏团已经解散。后来和中国发生渊源的正是那位大提琴彼得·布克，他作为斯图加特音乐学院的教授，于几年前来到中国，为大提琴专业的学生讲授室内乐课程，不过已尽显老态。

是啊，连一直给人精力充沛印象的老罗今年也祝过八十诞辰的寿了，多少曾经年轻的艺术家就这样一代一代老去了。当我泡在兴隆被棕榈芭蕉和椰子树包围的阳台温泉池中，听着老罗沉稳空灵的琴声支撑着年轻人的情怀抒发，感受大自然法则为人类带来的喜怒哀乐，想象着"亲爱的斯拉瓦（老罗的昵称）"在家乡大摆祝寿排场的心满意足，心中虽有感慨，却是由衷为老罗"战斗的一生"最终赢得全面胜利而欣喜不已。

作为一位技艺高超的音乐大师，老罗终生恪守良心原则，不论是作为人文主义者还是人道主义者，老罗都毫无私念地履行了自己"有所为有所不为"的人生承诺。老罗是受人尊敬的，从青年时代受前辈的尊敬到晚年受年轻一代的尊敬，老罗足可无怨无悔。在这样令人心满意足的惬意遐想当中，舒伯特的C大调弦乐五重奏就具有别样的情感。正好三十年前的演奏似乎作为老罗人生的一个阶段浮现在眼前，那是忧患而凄婉的倾诉，是对家国的无尽思念，是憧憬未来的朦胧情愫，第二乐章的断断续续、若即若离，此时听来，像是老罗对前尘往事的零星回忆，这回忆常常为突如其来的悲恸所打断。我仔细辨认老罗的琴声，那惆怅而隐忍的呜咽，还有那拭去泪水的有力振作，都像是标签一样昭示了老罗外刚内柔的性格。

第四乐章欢欣的小快板让我的心情一下子简单起来，我微笑着在心底为老罗祝寿，对一位高龄艺术家的功德圆满致以发自内心的祝福。可是我的手机短信的提示音响了，而且在我没有理会它的情况下连续响了三次。我把这部我珍爱无比的五重奏听完，好像做妥当一件事情一样将手摸向手机——连续三个短信，说的是同一条消息：大提琴家罗斯特洛波维奇刚刚在莫斯科去世……

我站在当地，iPod耳机还在耳朵上，此时已是无声，但C大调五重奏的第二乐章的旋律又在若有若无中传来，如此犹在耳际的挽歌不是在提示我刚才脑海中萦绕的一切早有先兆吗？接到这样的噩耗，我的心中却完全没有痛苦和悲伤，因为我刚刚听过舒伯特，听老罗隐秘在暗处的点睛之笔，听一首足以抚慰平生的飘荡在人间天堂的美妙乐声。老罗临终前听过这部作品吗？他还记得这个录音吗？不知为何，我竟坚信老罗就是在"这一个"

演奏的乐声当中悄然辞世的，这是多么幸福的时刻！在故乡的怀抱，在亲人的身边，在举世的尊敬与祝福当中，在舒伯特从天堂撒下的花团锦簇的包围中，在四位年轻人的拱护下营造出的意味深长的乐句中，人生还有什么样的幸福可以与这样的告别相比？

我在将消息转发出去的同时，加上一句：他是在舒伯特的 C 大调弦乐五重奏的乐声中走的。我知道，熟悉这部作品的朋友会因此感到欣慰。我不能想象如果陪他离开的是巴赫的《大提琴组曲》，是某一首脍炙人口的协奏曲，或者是贝多芬和勃拉姆斯的大提琴奏鸣曲，我是否可以自欺欺人地把哀伤抛之脑后，从而去为老罗一路上是否走好而牵肠挂肚。

大提琴总是为我带来悲伤，而我曾经以为只有老罗的大提琴充满战胜一切的力量。我从未听过他演奏过埃尔加的大提琴协奏曲，那么悲伤的专利是否就从此限定在杜·普蕾、费尔曼和妮尔索娃等人身上。但是我却遭遇了舒伯特的 C 大调弦乐五重奏，不论是卡萨尔斯还是罗斯特洛波维奇——他们被我认为是最相近的人——都毫不例外地将我引入一条从人间通往天堂的魅惑之路。不是一味的悲，亦非一味的喜，这带有世俗特征的禅意，这蕴欢欣于哀伤之中的一路舍弃，一路欢喜，不正是人生之后，羽化而登仙的终极之道吗？

老罗，不！亲爱的斯拉瓦，我记得你演奏的舒伯特 A 小调吉他性大提琴奏鸣曲所给予我的夜中的静默，你一定会感觉到，我现在用舒伯特的 C 大调弦乐五重奏为你送行。三十年前，你给了四位斯图加特年轻人力量，如今，你把力量交给我，使我不再为大提琴悲伤，也不为你悲伤！

探究隐秘世界的音乐"魔法师"

难得的是,麦克拉斯将"发现"之旅一直延续到他生命的尽头,他终于发现,雅纳切克对爱的理解和表达,竟是如此曲折而隐晦。

又一位音乐大师离我们而去。享年八十五岁，算是长寿。但他的艺术生命本可以继续延续下去，因为他身体一向很好，去世前还在工作，有一大堆音乐会和歌剧计划等待他去实施。所以突闻噩耗，我完全接受不了，心头一下子涌上万千感慨。

查尔斯·麦克拉斯，出生在美国的澳大利亚指挥家，一生成就在莫扎特和捷克音乐，20世纪40年代末成名英伦，是改变伦敦萨德勒泉歌剧院历史的重要人物。麦克拉斯的可贵之处在于毕生低调，作为业内公认的超一流天才音乐家，既作曲又指挥，还善于从故纸堆里发掘宝藏，改编或修订作曲家总谱，造成出人意表的表演效果，广受乐坛赞誉。幸运的是，他始终未大面积走红，即便年纪轻轻就成为布里顿家中常客，他也没跻身所谓的"一线明星"，也就是说，他的"知名度"一直不高，甚至我们在最近一二十年都搞不清楚他到底属于哪个乐团或歌剧院。当然，他的录音数量相当丰富，却也未能成为某个主流唱片厂牌的专属签约艺人。

据闻，麦克拉斯生前几年曾经表示，在有限的余生中，只愿意指挥捷克的乐团和歌剧院，他将最后的兴奋点还是投放到捷克。今年"布拉格之春"音乐节本来排上他指挥捷克爱乐乐团的音乐会，可惜他因突然发病临时取消行程。我和女儿在6月初来到布拉格，失去麦克拉斯的"布拉格之春"几乎乏善可陈，就像布拉格阴雨绵绵的午后，把我们的心情搞得格外抑郁。

为什么一个澳大利亚人如此迷恋捷克？为什么捷克人又对他如此敬重，视其为骨肉同胞？我想，仅仅把麦克拉斯当做捷克作曲家雅纳切克在英国乃至世界的重要传播者还不是很有说服力。众所周知,相对于众人耳熟能详的斯梅塔纳和德沃夏克,雅纳切克更具有符号性象征意义,他是捷克音乐步入新的世纪的关键人物,是连接新旧两个时代的桥梁。雅纳切克的音乐是高品位的同义词,是被作家米兰·昆德拉推崇备至的音乐。麦克拉斯同样也是高品位的音乐家,他凭着天才的直觉,参与了雅纳切克的"发现"活动,从而在青年时代即获颁捷克政府的雅纳切克荣誉奖章。难得的是,麦克拉斯将"发现"之旅一直延续到他生命的尽头,他终于发现,雅纳切克对爱的理解和表达,竟是如此曲折而隐晦。

麦克拉斯首先是诠释雅纳切克歌剧的权威,他以莫扎特歌剧为基点,将曾经照耀布拉格的光芒"加持"到蒙尘经年的《死屋手记》、《卡嘉·卡巴诺娃》、《狡猾的小狐狸》、《马克罗普洛斯事件》、《布鲁切克先生的旅行》以及《耶努发》上。他就像深奥寓言的解释者,用更加古老的语法打通了面临当下的隔阂。没能现场聆赏麦克拉斯指挥歌剧演出真是永远的遗憾,而精彩绝伦的录音只能使我们的耳朵更加幻听、我们的思维更加迷乱。神秘的乐思,神秘的印象,还有神秘的乐音间不可知的空洞……这一切,麦克拉斯是怎样做到的?

记得五年前,英国的DECCA唱片公司为纪念麦克拉斯八十岁生日,整理发行了一套三张的纪念专辑唱片。从中我们知道在雅纳切克之外,麦克拉斯还涉猎捷克的其他并不知名的作曲家,他同样在一些曲目的发掘上有首演之功,比如扬·瓦茨拉夫·弗里塞克的D大调第一交响曲和苏克的《谐谑幻想曲》、《夏天的故事》,麦克拉斯的演绎不仅是填补空白之举,而且还以其优雅精美的诠释使这些作品赢得聆听者的由衷喜爱，苏克的作品充满灵动的想象和飘逸的乐思，实在是德沃夏克和雅纳切克之后最有价值的捷克音乐。

这个纪念专辑两张是捷克作品，一张是英国作品。前者以不常见的生僻曲目（如雅纳切克的《"嫉妒"序曲》）为主，后者则是英国最引以为傲的作曲家戴留斯和埃尔加的经典之作。共同特点是，所有这些作品，麦克拉斯的演绎都具有无可辩驳的权威性，比如戴留斯的《孟春初闻杜鹃啼》和《布里格集市》直接挑战了比彻姆称霸数十年的"顶级"版本，足可说明麦克拉斯的艺术水准要多高有多高，真正当得上"深不可测"之称。

在这个专辑里与麦克拉斯合作的小提琴家帕米拉·弗兰克也很奇特，她是美国元老级钢琴家克劳德·弗兰克的女儿，水平奇高，却从不轻易演出和录音。她最著名的唱片恰恰是在DECCA与麦克拉斯合作的德沃夏克小提琴协奏曲，当然属于格调很高的版本。本专辑中她演奏的是苏克的《幻想曲》，具有男性化的深邃与遒劲，焕发着知性的魅力。

麦克拉斯的指挥生涯长达半个多世纪是在英国度过的，他是当之无愧的英国音乐权威，而且其辈分约等同于早在二三十年前去世的波尔特、巴比罗利、德·马尔诸公，应该算硕果仅存者。他和这些埃尔加诠释大师一样，也留下不止一个的《谜语变奏曲》伟大录音。较之指挥伦敦爱乐乐团录于20世纪80年代的EMI版，1992年与皇家爱乐乐团的录音场面更加宏大，意蕴追索更深，细节的表现几乎到了病态的地步，当然音色也更加温暖考究，速度方面有放缓放慢的趋势。因为有了这个版本，麦克拉斯的《谜语变奏曲》便不在任何一位英伦大师的解读之下,正如"谜语"的答案再度给出了更深奥的谜语一样,麦克拉斯呈现的音乐总是以一种神秘的引力让我们身陷其中不能自拔。以如此方式追忆或者纪念这位音乐"魔法师"倒是别具深意。

无论是巴赫与肖邦,还是勃拉姆斯与拉赫马尼诺夫,呈现的都是两个背道而驰的极端,而布伦德尔所热衷的贝多芬、舒伯特和李斯特恰好处于两极的中间。

拒绝肖邦和拉赫马尼诺夫的钢琴家

哈罗尔德·勋伯格在他的名著《伟大的钢琴家》中，将奥地利钢琴家阿尔弗雷德·布伦德尔与意大利钢琴家莫里奇奥·波利尼相提并论，称之为"受人顶礼膜拜的偶像"。勋伯格特别提到，在伦敦的一次贝多芬钢琴奏鸣曲音乐会演出后，《泰晤士报》发表了数篇令人"凛然敬畏"的评论，"文中采用了一般只用于歌颂神明的措辞"。

我不很清楚1970年代钢琴界的形势是怎样的，同时也认为勋伯格将二人相提并论的理由有些勉强。如果仅仅是因为二人的演奏风格都体现了"时代精神"，满足了听众对现代风格的所有要求，那么这个所谓的"现代风格"并不体现在布伦德尔弹奏过巴托克和勋伯格，波利尼录制过威伯恩和布莱兹。勋伯格的目的在于他想套用维吉尔·汤姆森的理论，一厢情愿地塑造两个"知识分子型听众"心目中的英雄，殊不知这样的结论恰恰与两位钢琴家的诠释理念和风格表现南辕北辙，甚至有可能掩盖了某种真实性的东西。

布伦德尔和波利尼都是我长期关注的钢琴家，我听过他们大量的录音，并且还在两年前听过他们的独奏音乐会，波利尼演奏的是贝多芬的作品10之三、"悲怆"和"槌子键琴"，布伦德尔演奏的是莫扎特C小调幻想曲（K.396）、B大调奏鸣曲（K.281）和降E大调奏鸣曲（K.282）以及舒伯特三首钢琴小品（D.946），重头戏是贝多芬E大调奏鸣曲（作品109）。从这两场音乐会看，二人走的完全是两种道路，无论是对作品结构的设计安排还是在音色方面的追求，都表现出截然不同的方式。另外，二人年龄相差十一岁，布伦德尔的演奏已毫无锐气,却将人生暮年的沉静枯干和意兴萧索表现得淋漓尽致;而波利尼虽也年逾六旬,却大马金刀,稳如泰山,功力深不可测,其权威性的解读使所有表演的因素不复存在。

可以这样说,演奏曲目更加广泛的波利尼,随着他第二次录制贝多芬奏鸣曲以及将舒曼演释出前所未有的新境界,我对他的认识正日益感觉"不可知",相反,我通过聆听布伦德尔几个阶段录制的重要唱片,却能够清清楚楚地发现他的诠释风格的形成与演变轨迹,当我还没意识到他的巅峰期何时到来的时候,他竟已经苍老到不能再弹他赖以成名的李斯特和他一直视为畏途的勃拉姆斯了。

今年1月5日是布伦德尔七十五岁生日,PHILIPS唱片公司请钢琴家本人编选了四个"双张"CD以示庆贺,布伦德尔不出所料地选择了他最擅长的贝多芬、舒伯特、海顿、莫扎特和李斯特,还有一点点的舒曼。不像其他年过七旬的音乐家在生日纪念的时候只能沉浸在辉煌的老录音当中,布伦德尔一直在不断地录制新唱片,前几年是在重复录制贝多芬和舒伯特,最近两年基本转入海顿和莫扎特,这是他的新领域,也是新挑战,他比任何时候都感慨他所尊崇的前辈施纳贝尔的话:"莫扎特的音乐对于孩子太容易,对于大人又太难。"

通常我们纪念一位音乐家的方式就是集中聆听他的一系列唱片,并伴以认真细致的思考。布伦德尔的钢琴录音不论你是否喜欢,都必须承认它们当中有为数甚多的精品。而且这样的精品既容易甄别,又颇具说服力,绝对有放到任何博物馆的玻璃防护罩里的价值与资格。不论是贝多芬的三十二首奏鸣曲和舒伯特的晚期奏鸣曲,还是李斯特的 B 小调奏鸣曲及《旅行岁月》,布伦德尔都有两个以上的录音可以拿来做比较。不像格伦·古尔德弹奏的巴赫《戈德堡变奏曲》那样,在两个版本之间出现那么夸张而不可思议的差异,更不像斯维亚托斯拉夫·里赫特那样越到晚年越随心所欲,同样的作品每次演奏都变化多端,布伦德尔在他后三十年的演奏录音生涯中,对同一作品的理解和演绎始终坚守一个观念,保持一个手法,稍加变化的仅仅是音色越往后越纯净,造句也越来越精炼凝重,正如他对李斯特晚期作品所形容的那样,他自己的演奏也往"洗尽铅华,唯留筋骨"的方向发展,声音越来越素,多余的东西几乎没有。这样说,似乎布伦德尔在朝着古尔德的风格靠近,其实不然。布伦德尔基本不弹巴赫和勃拉姆斯,而这正是古尔德最亲近的作曲家;古尔德也不弹舒伯特和李斯特,他们对布伦德尔来说却有着神灵指引般的意义。

　　布伦德尔不弹巴赫与勃拉姆斯是能力与境界的问题,而拒绝肖邦和拉赫马尼诺夫则属于心性或者立场问题。无论是巴赫与肖邦,还是勃拉姆斯与拉赫马尼诺夫,呈现的都是两个背道而驰的极端,而布伦德尔所热衷的贝多芬、舒伯特和李斯特恰好处于两极的中间。

　　在个人性格及气质上,布伦德尔与舒伯特有相似的地方,而他也曾经说过舒伯特与马勒很像,他们的音乐结构都有"漫游"的性质。这一点我非常同意,所以我也能感觉到布伦德尔与马勒之间的神秘联系。布伦德尔认为在舒伯特和马勒的音乐中有一种"不安全"感，没有方向，不可捉摸，一旦进入，便像小孩子在森林中迷了路，听任无法控制的力量摆布。这一点特别关键！因为这正是布伦德尔的心理特征，也是他钢琴语言得以形成的基础。

布伦德尔天性忧郁内向，甚至有点自闭自卑，他小时候的照片总是紧蹙眉头，以至于在他成人以后，眉心已经蹙成一个大结。其实布伦德尔并非天才，但是他在钢琴演奏方面表现出惊人的天分，这天分主要集中在技巧的无师自通。十六岁前他没有固定的老师，十六岁以后则完全没有老师。他几乎不属于任何学派，在师承上兼收并蓄，早期演奏风格受众多前辈大师的影响，其中尤以施纳贝尔和埃德温·菲舍尔最为明显。而从今天他所诠释的贝多芬"槌子键琴"奏鸣曲和李斯特的 B 小调奏鸣曲的既成观念看，埃德华·施托尔曼切割式分段练习显然是他最难忘最重要的学习经验。

布伦德尔虽然从不以炫技派的面目出现，却被公认在技巧上无懈可击，演奏李斯特即使最艰深繁难的作品都可以达到完美的程度。在布伦德尔的一生中，钢琴是上帝的赐物，是作为他心智的平衡器存在的，或者说是他内在世界的出口，是他压制潜能发作的"解毒剂"。他外在柔弱无力，内心强大无比，如果没有钢琴这个媒介，他与外部世界的交流都很成问题。他有收集世界各地面具的癖好，而钢琴便是他最好的最实用的面具。他说他听觉记忆和运动记忆都很好，就是没有视觉记忆，所以在弹钢琴时看不见乐谱。我通过那场音乐会和部分录像看到的是他在演奏时其实不知身在何处，完全陷入自我的境地。他注意力高度集中地聆听和感受自己，时不时还自言自语地说着什么，越到近期的演奏，这种倾向就越明显。

尽管布伦德尔与舒伯特气质近似，同病相怜，常能感同身受，但是他在用钢琴与作曲家对话时，却竭力抑制了后者的声音。一个天性忧郁的钢琴家消灭了琴声中本应含有的全部忧郁，如歌的悲戚与哀怨也被他击得粉碎，这是布伦德尔的舒伯特的价值重心所在，也是它为什么令人不忍卒听的原因。这是像钻石一样晶莹剔透的舒伯特，一个肌理分明、失去灵魂的舒伯特。孩子迷路的森林被他指出了方向，虽然有那么多细碎的方向，但每一个都有线索可循，它们组成一个庞大的网络结构，将舒伯特长大而丰腴的肌体切成数不清的碎块。

布伦德尔在解构舒伯特奏鸣曲过程中，发现了舒伯特截然不同于贝多芬的独创性，他将这种独创性理解成舒伯特性格的反面，并把它透射在自己的解读当中。这就是为什么布伦德尔的舒伯特貌似强调结构，实则零碎散乱；凄凉的转调和悲剧性的长句子，仔细辨认却并没有明确的表情，缥缈的音符和柔弱的音量透着一种无法捉摸的冰冷与严肃。如此演奏舒伯特，坚强的隐忍与克制显得多么残酷！

不以贝多芬的概念诠释舒伯特是布伦德尔的信条，然而他却以他确立的舒伯特精神去解读贝多芬。在布伦德尔为PHILIPS唱片公司录制的两套三十二首奏鸣曲中，第二套更具有一脉相承的系统性，在说服力上旗帜鲜明，不容置疑。布伦德尔的贝多芬同样在布局上一丝不苟，他甚至为每个细节都设置了结构，无数的小结构按级数一层层组成更大的结构，这种将埃德温·菲舍尔的"全景图"结构理论片面夸大的做法，虽使贝多芬音乐的建筑感得以重新构建，但必须指出的是，这种建筑的风格充满后工业时代的特点，形式上的极简主义与具体实施的繁复琐碎充斥其间，人性因素的摒弃自然也妨碍了对作品做更深层次的探究。如果说录音始于1960年代的第一套还有一些冲动的和不平衡的东西尚显可贵的话，新的录音在形式上更趋于完美无缺，你不仅找不到一个错音，还会以为这一切都是精心设计的产物，这才是真正属于后现代的贝多芬，看似没有秘密，实则掩盖了最大的秘密。需要强调的是，布伦德尔的贝多芬即便缺乏热情，少见活力，但它并非平淡无味，流于中庸。仔细并反复聆听，你会被布伦德尔的深思熟虑和细腻精妙的演奏手法所深深折服。他建造的其实是一个效果独特的有各种引力交织的"场"，你不能靠近它，而只能在一个恰当的距离上审视它，研读它，发现它。布伦德尔并非细节大师，却足以展现音乐中所有最细微的地方，比如"瓦尔德斯坦"和作品10之三；他当然也不是一个宏大叙事者，却可以轻松构筑钢琴音乐中最壮丽的巨厦，想想还有谁能将"槌子键琴"弹得那么轻描淡写，于叠床架屋中毫不费力？举重若轻的"热情"即使听来空洞无物，那也是一个闪烁耀眼鳞波的流光溢彩的"空洞"。

在舒伯特与贝多芬组成的结构体系当中，李斯特的位置正好在两者相叠的交叉点上。李斯特既有贝多芬的革命性与指向性，又有舒伯特的幻想性与不确定性。布伦德尔在他技艺最娴熟时期，一度醉心于李斯特作品的演奏，特别是对其晚期作品大加称赞、精细研析，特别是在解读 B 小调奏鸣曲方面，甚至取得世所公认的学术成果。在布伦德尔心目中，李斯特并不像舒伯特和贝多芬那样令他敬畏或膜拜，他把他当做一个待驯服的巨兽，一个可以战而胜之的对手。他必须让李斯特变得简单，变得更符合古典主义规则，所以他毫不犹豫地切碎了 B 小调奏鸣曲，找出它的种子胚胎，然后一小段一小段地重新拼接，逐级排序。他坚信李斯特的奏鸣曲式原则来自于贝多芬，所以他要找出这种必然联系，要使李斯特的继承之作变成有机体，让种子哪怕是最小的种子发芽，犹如自然界的生生不息。在布伦德尔弹奏的第二个录音版本中，多次出现的插部被有机地编入主部的逻辑当中，使其不再有支离破碎之感。零乱和漫无边际的"流浪"被一种权威的秩序感所统括，即兴发挥的空间被严格限制。这是一个将繁复结构条理化或者说制度化的演绎，它也许回归了李斯特的本意，但我更愿意相信这是一次惨烈厮杀之后的尘埃落定。布伦德尔以一种主动出击的方式，向李斯特表达了自己对作曲家的忠实与忠诚。他彻底摒弃了浪漫主义的"过度诠释"，却以自己的方式做了更过度的事情。还有什么比无情"解构"更过度的颠覆行径吗？

现在我们可以理解布伦德尔为什么拒绝肖邦和拉赫马尼诺夫了。他对舒伯特、贝多芬和李斯特作品中浪漫情感元素的消解，仅留精致而冷酷的形式与结构的存在，实际上是一种自我的"解毒"。只要我们对肖邦和拉赫马尼诺夫的钢琴音乐稍作分析，就可以明白他们是经不起布伦德尔的"反向过度诠释"的。所谓"反向过度诠释"就是他不仅不能使肖邦和拉赫马尼诺夫的情感泛滥加剧,反倒是抽筋放血,刮骨剔肉,最后徒剩一副干瘪失色的皮囊。并不是布伦德尔所说的演奏肖邦和拉赫马尼诺夫需要做专门的研究,而实在是布伦德尔一眼就看出两位是"妖怪",如不能一棒打死,就只恐躲之不及。这又从另一方面证明布伦德尔的钢琴曲目选择具有极端主观的目的性,他演奏钢琴的出发点在自我而非音乐,所以他既不会像鲁宾斯坦和霍洛维茨那样"复原"肖邦和拉赫马尼诺夫,也不可能像阿格丽希和吉默尔曼那样让肖邦和拉赫马尼诺夫的血更加沸腾。在演奏肖邦方面,布伦德尔也许具备波利尼和波戈莱利希那样的解构和重塑能力,但这样的解构重塑对布伦德尔没有意义。在布伦德尔的观照中,舒伯特、贝多芬和李斯特都是双面或多棱的,而肖邦和拉赫马尼诺夫却是单面的或者说是单向度的,无论是解构还是重塑,都只不过是程度的不同,而不能取得倒影式的对应或对立。另外,布伦德尔的内在世界绝不同于肖邦和拉赫马尼诺夫,他既无后者的丰富多姿,也不可能暗流汹涌,躁动不安。舒伯特、贝多芬和李斯特对布伦德尔来说具有镜像的意义,他在其中不仅看到他们的反射,也看到自我及其反面。他的近乎残酷的解构式"过度诠释",对舒伯特、贝多芬和李斯特是一种发现和发展,但对于肖邦和拉赫马尼诺夫则显得毫无必要,没有意义。后者需要气质相近的钢琴诗人来代言,来传达,来加量。而至少,布伦德尔不是诗人,他没有一丁点诗人的气质。当然布伦德尔也不是许多人所认为的学者,因为他没有研究方向和研究体系。他著述是因为要为自己的"反向过度诠释"开脱,此时他的理论立场与他的演奏立场其实相悖。他习以为常的言行不一是典型的心理症状,他力图用语言和文字将人们从对他阐释音乐的核心观念的关注上引开。而今天,他在七十五岁生日的时候所接受的一系列采访中,尽管语言的伪饰更为明显,但是他的演奏曲目重心向莫扎特和协奏曲转向,他对勃拉姆斯和拉赫马尼诺夫的评说,还是进一步佐证了我的判断。

(仅以此文志贺布伦德尔大师诞辰七十五周年)

浪漫主义音乐的抒情诗人

很显然，里帕蒂和鲁普都属于钢琴界不世出的天才人物，里帕蒂贵在出身与天分，同时还有悲剧人生烘托；鲁普贵在音乐感悟能力深刻及技术超群，为人低调，不在商业大潮中迷失自我，也成就了一个新时代艺术家的传奇。

罗马尼亚钢琴家拉杜·鲁普曾经有过神奇的童年时代和辉煌的青年时代,但是自从他 1993 年宣布不再录制唱片之后,似乎也从广大乐迷的视线中消失了。尽管他还继续为数甚少的独奏及室内乐音乐会,但总是十分低调,好像对票房和反响都无所谓一样。

也许鲁普正像我所想象的那样,已经进入享受音乐的阶段,他只为自己弹琴,用琴声与他最钟爱的贝多芬、舒伯特和勃拉姆斯进行内在的对话。我知道今日的拉杜·鲁普一定非同凡响,他的琴声一定更加深邃感人。但是,我至今既无缘出席他的音乐会,也听不到他最近十余年的任何录音。那么我即使知道今日之鲁普绝非昔日之鲁普,又有什么办法来验证这一切呢?

当拉杜·鲁普留在我们的记忆里还是一个风流倜傥的斯拉夫帅哥时,我们谁都没有意识到,他已经六十岁了。鲁普的老东家、英国的 DECCA 唱片公司为纪念他的生日,同时也意在唤起人们对这位二三十年前的风云人物传奇录音的重温,将他十到三十年前最精彩的贝多芬、舒伯特和勃拉姆斯的录音按作曲家分类,做成三个专辑共十一张唱片再版发行。作为一个当年深爱鲁普钢琴弹奏风格的爱乐者,能够再次集中听到这些录音,不仅可以免去费心收集之苦,还能较系统地分析研究鲁普弹奏贝多芬、舒伯特和勃拉姆斯作品的诠释理念和独到表现手段。本文通过聆听贝多芬的钢琴协奏曲和钢琴奏鸣曲专辑,试图对鲁普的演奏风格作一番比较具体的解读和评价,以求教于方家及爱乐同仁。

这套贝多芬专辑的四张唱片不仅包括五首钢琴协奏曲，还有"悲怆"、"瓦尔德斯坦"、"月光"三首奏鸣曲及两首回旋曲Op.51和三十二首C小调主题变奏曲WoO80，更稀奇的是还有一首降E大调钢琴与木管五重奏Op.16。这些唱片的录音跨度从1970年的"变奏曲"到1984年的"五重奏"，十五年的时间，基本保持相同的高水准，风格变化也比较小。相对而言，五首协奏曲因系取自1977年和1979年的两次以色列特拉维夫专门录音，显得整体性更佳，特别是第一、二、三、五协奏曲，有一气呵成的结构与气势，足可列为该曲目的经典演绎。

在祖宾·梅塔指挥的音色十分温暖浓郁的以色列爱乐乐团精心伴奏下，鲁普将贝多芬的协奏曲弹奏得文雅而严谨，既含深意又富表情，其异常敏锐的洞察力与对细节的捕捉的精妙处理，确实具备大家风范。

C大调第一协奏曲在幻想气氛的营造方面很有特点，快板乐章非常放松，有舒畅自然的呼吸感，充满活力而不任性，所有的挥洒自如都被限制在技巧掌控的范围之内，那种随心所欲的力度和韵律的神来之笔实在令人赞叹。慢板乐章洋溢着典型的鲁普诗意，内心火热，外表肃穆雅致，此时乐队的表现也令人刮目相看，真想不到梅塔也能制造出这么高贵柔软的声音，相信是受了鲁普的感染。

降B大调第二协奏曲在创作时间上要早于第一协奏曲，所以听起来比较接近莫扎特的结构和句法。鲁普显然力图把它表现得更轻松更活泼一些，所以在第一乐章进入时有点匆忙，好在技术过硬，快速走过的音符不仅一个没丢，而且个个饱满清楚。因为有这样一个别致的开头，鲁普干脆在整个第一乐章玩起炫技，琴声之漂亮、左右手之间配合之熟练默契、节奏之稳定、力度表现之丰富多彩、层次变化之富于逻辑性和想象力，真是让人眼界大开。作为一种独特处理，鲁普在演奏慢板乐章时，有意加强了叙事性结构，通过力度和节奏的即兴变化，突出了钢琴与乐队的对话形态，将音乐坚决地推向浪漫主义而非古典主义。然而，与阿格丽希和科瓦切维奇的诠释不同的是，鲁普的浪漫主义，无论从叙事结构还是抒情手段上都趋向内心的沉静和含蓄，当这种自抑式的内敛与接踵而来的末乐章如决堤奔流般的狂放恣肆形成对比时，浪漫主义的戏剧性效果从天而降。

从 C 小调第三协奏曲开始，鲁普进入一个高架构、开放式的空间，虽然从结构上来说这部作品与莫扎特更容易形成继承关系，但这又是最早打上贝多芬烙印的大型管弦乐作品。长长的序奏似乎奠定了演绎的基调，鲁普琴声的进入明显有另外的追求，他先声夺人地强调了力量的变化与对比，注定把它演奏成浪漫主义的戏剧。梅塔的协奏立即有所回应，他不仅将声音压住，而且对弹性的附点节奏给予强调和夸张，构成与钢琴声音呼应的光影效果。鲁普的诗意这次完美呈现于华彩乐段，如似水月华洒满花丛，天地之间的静谧与涌动呼之欲出。这种意趣被鲁普不动声色地带入第二乐章，那清冷淡雅的脉脉诗情几乎令听者神思恍惚、醺醺欲醉。我不记得在别的版本里听到过这样的处理，勉强接近的米凯朗杰利即使更富意境，但未免显得不近人情了。今天健在的钢琴家至少在这个乐章里绝无一人能够弹出鲁普的境界，这大概是我重听鲁普旧录音所得到的最明确的感受吧。

G大调第四协奏曲可以称得上是鲁普的成名作，录于1977年，发行后即令乐评界为之震惊，被赞誉为"传奇"。可以说鲁普的抒情特质在这部作品里有了最初的但却是极为充分的表现，既富温情又狂放不羁，处处洋溢着自由的幻想和想象。如果说所谓的"诗意"能够激发起对诗歌的想象，那么，鲁普指尖流淌出来的便是在韵律和格式方面都显得无比优美动人的诗行，那可以是莎士比亚，也可以是歌德和拜伦。第二乐章"行板"中的钢琴与乐队的对话强调了对立与融合的戏剧结构，鲁普自始至终控制局面，将乐思逐渐引入思想的深邃境地，梅塔在此的配合十分有效，他的"极轻"高贵而虔诚，堪称神来之笔。

降E大调第五协奏曲真正的"皇帝"是贝多芬！这是鲁普属意的结果。经过前面四首协奏曲柔情蜜意与意味深长之后，终于迎来浪漫主义的激动人心的凯旋。乐队释放出一直被有意压制的能量，鲁普放弃了几乎带有自恋倾向的细部追求，由内向而转入外在，将琴声附庸于乐队，甚至和乐队比起音量和力量。这种爆发式的演奏宏大而豪放，正好与鲁普大胡子的外形相契合，而此时的鲁普其实已经将自我谢幕，因为到了"皇帝"这个阶段，最伟大的不是演奏家，而是作曲家。也只有在这个时候，鲁普才会放弃一切人为的努力，将他的真性情和灵魂深处最本质的东西尽情地释放出来，浪漫主义诗情在此达到极致，同时也回到朴素自然的本原。在这种气氛的笼罩下，第二乐章抒情的慢板真正成了一个"插曲"，梅塔和鲁普在这里的配合心意相通，但不作过多留恋，鲁普的琴声不像其他演奏版本那般沉溺于意乱情迷的梦境,而呈现出一幅白昼刺眼阳光构成的色调单纯的图景,当欣赏者的眼睛还无法适应这种光线时,一切俱被隐藏。而只有当激越而炽热的第三乐章到来之际,谜底才被揭开。原本刺眼的光华被覆盖上鲜艳的色彩,对比无所不在,鲁普的方式虽属刻意,却又似在不经意间。五部协奏曲,我总是一口气将它们听完,每次都是如此。从第一到第五,与其说是浪漫主义的史诗之旅,不如说是一次浓淡相宜的色彩之旅,这色彩是古朴而灿烂的、内敛而张扬的、典雅而丰满的,不是德拉克罗瓦,而是弗利德里希,是的,加斯帕尔·大卫·弗利德里希,早期浪漫主义音乐最伟大的图解者。

这套专辑中的三首奏鸣曲和变奏曲是鲁普比较早期的录音,可以用来与他数年后录制的协奏曲进行参照,或许可以构成对鲁普所诠释的贝多芬的一个整体印象。

在此我们必须强调一点,以不到三十岁的年龄能够将贝多芬的奏鸣曲弹奏得这么沉静含蓄,触键之老到、踏板运用之克制讲究、对音色细微变化之辨别与掌控,这些看来都很不可思议。但是我们必须承认,在一位优秀钢琴家的成长道路上,最早的师承,往往起到的是最关键的作用。正像李斯特的学生克劳泽之于阿劳一样,鲁普最早的老师是弗洛丽卡·穆西塞斯库,她也是英年早逝的钢琴天才迪努·里帕蒂的老师,鲁普从十二岁开始跟她学琴,在音乐理念、品味和技术风格等方面都深受其影响。鲁普虽然还不能在琴声的空灵与纯净等方面与里帕蒂相比,但他们的浪漫主义诗情及典雅内敛的表现方式是一脉相承的。在20世纪后半叶的钢琴家中，也许只有鲁普与里帕蒂是最相近的。但是，里帕蒂并没有为我们展现出他弹奏的贝多芬，而鲁普也几乎不弹里帕蒂最擅长的肖邦。或许我们会在他们二人都有录音的格里格和舒曼的协奏曲上作一番比较，但这不在本文论述范围之内。

很显然，里帕蒂和鲁普都属于钢琴界不世出的天才人物，里帕蒂贵在出身与天分，同时还有悲剧人生烘托；鲁普贵在音乐感悟能力深刻及技术超群，为人低调，不在商业大潮中迷失自我，也成就了一个新时代艺术家的传奇。

有上述解释，我们就可以理解为什么鲁普二十几岁弹奏的贝多芬奏鸣曲会如此结构均衡，情感的宣泄和理性的克制取得如此恰当的比例。与传统的经典版本相比，鲁普的演绎也许算不上权威，但独到的抒情分寸感和淡淡如歌的句法结构，都使得他的版本具有很大程度的可听性和可研读性。我们目前的遗憾是能够听到的他的贝多芬奏鸣曲的录音实在太少了，这妨碍了我们对他的贝多芬解读理念的全面把握。因为鲁普弹奏的"月光"、"悲怆"和"瓦尔德斯坦"表现的基本是单一风格，虽在声音的端庄优美、色彩的浓淡相宜、和声的协和精妙、表情的高贵优雅等方面无可挑剔，但毕竟少了作品106、110、111等提供的深邃崇高的表现空间，而这一点正是我们在鲁普的琴声中所期盼听到的。

既然鲁普阔别舒伯特奏鸣曲十余年又重新进入录音室录下D.664和D.960，我们为什么不能等到鲁普弹奏的贝多芬晚期奏鸣曲呢？

波利尼的肖邦"新境"

　　这张唱片应该作为"新世纪肖邦"的钻石级藏品,因为它所展现的是一种足以和前辈大师"等量齐观"的肖邦境界,是我们这个被商业和平庸充斥的时代极为少见的"真知灼见",句句珠玑,堪称"肖邦信条"。

哈罗尔德·勋伯格在三十多年前即断言,刚过而立之年的意大利钢琴家莫里奇奥·波利尼是健在的"最伟大的钢琴家"。我所理解的"健在"应该是指"正当年"的意思,不然彼时"更伟大"的钢琴大师里赫特、吉列尔斯、米凯朗杰利、阿劳、霍洛维茨和赛尔金同样"健在",岂非要怪勋伯格"有眼无珠"?以勋伯格在美国音乐评论界的至尊地位,他的"一言九鼎"往往带有预言性,况且在他看来,老一辈钢琴圣手的"伟大"将成过眼烟云,新的一代翘楚在他的慧眼中基本定型。当他1960年代初撰写《伟大的钢琴家》(此书1963年第一版,1987年再版)一书时,后起之秀入他法眼的也不过是阿什肯纳吉、波利尼和佩拉亚三人。对于今天的欣赏者,这三位大师级人物如果加上将于6月来华的斯蒂芬·科瓦切维奇,已足以代表目前年龄在六十岁到七十岁的钢琴演奏正处于佳境的"钻石一代"。

作为1960年出炉的肖邦大奖最年轻得主(十八岁)的波利尼,成名之后四十余年从未在他崇拜者的视野中淡出过。波利尼始终是最权威的肖邦解读者,却同时成就了贝多芬、舒伯特、舒曼、德彪西、巴托克的一家之言。勋伯格的预言实现得竟然毫无争议,因为波利尼就是我们时代名副其实的钢琴家"第一人",时至今日仍无人能出其右。

波利尼早年享有"瑞士表肖邦"之誉,意指其技巧娴熟,出手精准,造句完美。勋伯格的评价颇具代表性:"他演奏任何乐曲都是那么不动声色,无懈可击,因而引起同行的妒嫉或惊恐。他可以在钢琴上做出他想做的一切,无论弹什么,基本上都是一个样子——客观,置身音乐之外,不做任何的情感投入,而只是弹出一些美妙的、组织有序而不受个人感情影响的音。"我想勋伯格一定在他音乐评论生涯晚期修正过这一观点,因为这种评价怎会适用于一位"伟大的钢琴家"?我更愿意相信能够当起如此评价的应是阿尔弗雷德·布伦德尔而非波利尼。因为即便是波利尼在赢得肖邦大奖那年录制的肖邦第一钢琴协奏曲,我都听到贯注的情感和洋溢的诗意,更不要说他的《波兰舞曲》、《谐谑曲》和《练习曲》无论结构、气势、色彩都是那么个性鲜明,生动逼人。波利尼是一位天生的大师,所以他的琴声在任何时候都没流露过哪怕一丁点小家子气的东西。他的肖邦虽然内敛含蓄,却如暗流涌动,饱满的激情似乎随时都有可能爆发;他的舒伯特优雅大气,决不沉溺于孤芳自赏的感伤情调,晚期三首奏鸣曲畅美悠扬的歌唱是对贝多芬同类作品的必要补充;我尤其推崇波利尼的舒曼,纷乱而神经质的乐思被一统于幻想的麾下,每一个音符都散发着璀璨的光芒,每一句歌调都唱出多情男人的诚挚心声。

苍白而"小资"的肖邦只能是"无名之辈"的理解,一切来自于大师演绎的肖邦可谓千姿百态,各有旨归。对于更老一辈的钢琴大师来说,肖邦的音乐代表了他们才艺当中的"不确定性",或者不如说是难以捉摸的"黑洞"。我一向以为,最不可思议的肖邦正是出自"非肖邦权威"的阿劳、米凯朗杰利、肯普夫、古尔达诸人之手,他们以解读巴赫、莫扎特、贝多芬、舒伯特、舒曼和勃拉姆斯的功力施于肖邦,将他弹成诗歌,弹成史诗。肖邦不再是一个人的"孤芳自赏",他的情感变得深沉内省,变得抑扬自如、沧桑阅尽。肖邦不再年轻,不再孤独,甚至不再消极，法国式的病态之外，我们听到了肖邦最坚毅也最含蓄的内在世界。

波利尼的肖邦亦不断实现自我突围，创出新境。较晚录音的《夜曲》全集几乎不在营造所谓的"意境"方面做文章，那是真正突破"夜曲"体裁局限的演奏，音符的生命因旋律的扩张而强大，肖邦气质中的沉静因丰沛力量的带动而产生英雄般的歌唱。这是经常有暴风雨袭来的"夜曲"，内心的波澜一再催动起情感的浪涛，作为肖邦独有特征的华丽娇媚的装饰被赋予曲调的意义。如果耳朵习惯于以往典型演绎的《夜曲》，不免会对波利尼的录音有一种冷酷的感觉。是的，波利尼的肖邦越来越冷了，因为他越来越关注音乐本身，越来越吝惜自己的情感注入。但是他的大家之气竟是越发充沛，不仅是《夜曲》，还有刚刚问世的一张"RECITAL"，选入《第二奏鸣曲》和《第二叙事曲》，再加上四首《玛祖卡》、三首《华尔兹》和一首《即兴曲》。仅有六分钟的《第二叙事曲》作为专辑的开头，似乎预示了压轴的《第二奏鸣曲》的诠释意图，散淡的诗意和娓娓的叙述将骤狂的暴雨引入，极似要让后面的曲子掀起一个接一个高潮。《第二奏鸣曲》无疑是肖邦分量最重的作品，波利尼的新演绎所带来的惊喜不独开辟美女钢琴家海伦·格丽茂之后又一佳境，而且将自己近半个世纪的肖邦解读推向崭新阶段。在我看来，这张唱片应该作为"新世纪肖邦"的钻石级藏品，因为它所展现的是一种足以和前辈大师"等量齐观"的肖邦境界，是我们这个被商业和平庸充斥的时代极为少见的"真知灼见"，句句珠玑，堪称"肖邦信条"。

当我为波利尼的新肖邦日益着迷的时候,我回忆起 2004 年在萨尔茨堡音乐节聆听他的贝多芬奏鸣曲的幸福时刻,这种联想是那么固执,以至于我在波利尼的肖邦《第二奏鸣曲》和那场音乐会的《哈玛克拉维亚》及《悲怆》之间发生声音的混扰和恍惚的错觉,那难忘的神圣的静谧竟使我畏惧几年后波利尼在北京的音乐会,我怕我再也找不回面对神祇的虔敬与安宁,因为无论是对作曲家还是演奏家的膜拜,都需要一个合适而必要的"场"。此刻,我倒宁愿相信格伦·古尔德的选择是对的,当他躲进录音室弹奏的时候,他只对两个人说话,一个是上帝,一个是自己,芸芸众生已经不在他的倾诉对象之内。我听波利尼的新肖邦录音,听到的也是这种感觉。

MTT——我们时代的马勒代言人

在马勒的世界里,他表现得更是极端,一个无界限的极端,这是马勒在新的世纪真正意义上的"复活"。"传奇"的价值在于,它有时似乎被人遗忘,但又会经由意料不到的途径突然进入你的灵魂,让你每隔一段时间就会发出惊叹:它还在,而且越来越神奇、神秘、神妙……

20世纪60年代马勒音乐复兴的标志是大量录音的问世，时至今日，马勒的热度丝毫未减，他的热爱者与崇拜者越来越多，更重要的是，对马勒音乐的诠释和演绎未到尽头，更新更好的版本仍在不断涌现，这是否可以证明，所谓"马勒的时代"正是我们当下经历的时代，而这个时代何时结束，至少在今天是无法预见的。

自从库贝利克、海丁克、伯恩斯坦、马泽尔的马勒交响曲全集在二三十年前相继问世，乐坛对新的马勒全集的期待就从未停止。中生代指挥家中最先克尽全功的是克劳迪奥·阿巴多，可惜他使用的乐团太杂，有维也纳爱乐、芝加哥交响和柏林爱乐，在质感和境界上多有参差，不是一个理想套装。小泽征尔指挥波士顿交响乐团的版本包括几个现场实况，总体感觉相当不错，特别是平衡较佳，音色干净明亮，不足之处是缺少厚重感和高潮时的动态对比，煽动性和感染力都略逊。西诺波利的全集在他去世后很快被整理出版，九部交响曲都是与爱乐乐团合作的，西诺波利的风格有一致性，乐团表现状态平均，录音大多不错，是很超值的套装，搭配的其他马勒作品都很珍贵，特别是几套乐队歌曲和《悲叹之歌》，都是几无替代的演绎。在西诺波利录制马勒的同时，西蒙·拉特尔和里卡多·夏伊都开始了他们的"马勒之旅"，经过近二十年的"漫长"跨度，夏伊在2004年，拉特尔在2005年，几乎同时完成了马勒全集的"封顶"之作，前者用第九交响曲，后者用第八交响曲。

还有谁的马勒值得期待呢？最接近的人是皮埃尔·布莱兹，他的马勒伟业始于1995年，现在只剩两部规模最大的"复活"

和"千人"了,据说现场音乐会已经举行过,也有录音,但何时被批准发行至今尚无准确消息。倒是布莱兹早在1999年将"复活"的原始草稿TOTENFEIER先录了音,一下子给已成定势的"复活"做出些许新意,这几年我都一直被吊着胃口,真不知布莱兹的全本"复活"何日才能聆听得到。

布莱兹之外,美国指挥家迈克尔·蒂尔森-托马斯(他的拥护者都称他为MTT)的马勒是最令人热烈期盼的,他年届不惑时在CBS/SONY的录音处处表现出伯恩斯坦的影子,只是比后者更加精致,更加考究,更有高贵的气度。以我十年前的欣赏水平,我始终以为MTT指挥伦敦交响乐团的第三交响曲是该作品录音的最佳版本,这个所谓的"最佳"是一个比较硬性的界定,因为录音效果也实在好到极点,DDD的制作居然少有数码味儿,正是CBS录音技术在八九十年代所能达到的最高境界。

后来MTT改签RCA唱片公司,马勒作品先后录了第七交响曲和《悲叹之歌》,无不获得很高的评价,被公认达到马勒诠释的一个新高度。从此,MTT便以一位马勒音乐的深度解释者而名闻乐坛,这最终导致他领导旧金山交响乐团的每一次马勒交响曲演出都成为一种仪典而使听众趋之若鹜,进而使他的马勒录音不再签约其他唱片公司,由乐团自行投资自行发行。

MTT与旧金山交响乐团的马勒系列从第六交响曲(悲剧)开始,这是一次音乐季计划里的慈善公益演出,原定演出时间是2001年9月12日。那个恐怖悲伤的清晨过后,还要不要继续这场演出和录音一时成了悬而未决的问题。MTT和乐手们坚持要以"悲剧"作为具有纪念意义的哀悼,使得这个马勒系列从一开始就被定下了晦暗阴郁的基调。从以后陆续问世的第一、第三、第四、第二、第九、第七可以看出，MTT对死亡意象确有超乎前人的体悟与理解，死亡的花朵异常艳丽，另一个世界呈现出惊人的诱惑力量。

正像音乐会需要提前半年预订而且概不打折一样，这些马勒唱片不仅被做成SACD，而且价格十分惊人，好在它平均半年出一张，每次购买都要倒吸冷气双手哆嗦，去而复返如是者三。我的前两张MTT的马勒是在巴塞罗那的一间超市买的，价格在印象里比法国德国都要便宜，但即使如此也让我犹豫再三，我没有SACD播放机，以二十五欧元一张的价格购买SACD未免有点浪费。但是我知道没有别的选择，因为聆听MTT的马勒的渴望是那么强烈。我清楚地记得在巴塞罗那的酒店利用电脑加耳机听刚买回来的第一和第四交响曲的感觉，那种冷酷的清晰和摇摆的恍惚都令我一时呆在那里。是因为内在的解构，还是自由速度的把握，为什么这两部我熟得不能再熟的交响曲在MTT手中带我进入了从未想象过的意境，它是一种怎样的绝美啊！就像钢琴家的左手被放大强调一样，MTT也用他的左手给出了横向的剖面，那纹理像年轮一样刻入你的内心，刻入你心中的永恒。

接着在一年多的时间里，我听到了第三、第六和第九，在朋友那昂贵高级的音响系统里，MTT的静默与冥思表现得尤其充分，马勒原有的悲剧性与幻想性被美感的沉醉和赴死的逍遥所笼罩。这是一个取得自由意志的马勒，没有犹疑徘徊，也没有撕心裂肺，每一个节拍都那么稳定，每一个主题呈示都像焰火射向天空那么艳丽夺目。我在聆听MTT的全新境界的马勒时常常无语，所有的聆听者都无语。常常在余音袅袅之后，我们会长舒一口气，举手加额，感谢上苍，总是让我们有各式各样的马勒陪伴，MTT正是我们时代的马勒代言人，他的马勒就是新世纪的马勒，一种具有全新意义的马勒。

MTT，一个乐坛传奇，已经延续了二十余年。作为一位少年得志、平步青云的古典音乐家，他生于好莱坞，祖父和父亲都和乔治·格什温交好。MTT的才华在演绎美国音乐比如艾夫斯、科普兰、格什温和伯恩斯坦方面达到的是一个极限的境界，一个令他的同时代人无法企及的境界。而在马勒的世界里，他表现得更是极端，一个无界限的极端，这是马勒在新的世纪真正意义上的"复活"。"传奇"的价值在于，它有时似乎被人遗忘，但又会经由意料不到的途径突然进入你的灵魂，让你每隔一段时间就会发出惊叹：它还在，而且越来越神奇、神秘、神妙……

MTT的恩师、伟大的伯恩斯坦也是一个传奇，传奇性在于他全力培养提携的三大弟子完全继承了他的秉性与才华，在灵魂上令他不朽。直接继承伯恩斯坦衣钵的弟子就是MTT，他同样兼指挥家、作曲家、钢琴家和音乐教育家于一身，在坦格伍德、在波士顿、在纽约，他像不死的伯恩斯坦一样为美国的音乐教育做一切可能做的事情；他也在欧洲横空出世，一鸣惊人，然后凯旋回到美国，成为旧金山这个举世闻名的同性恋城市名副其实的"皇帝"。他赢得了男人和女人的共同拥戴，他的品位就是旗帜，他的气质就是标准。在这位"皇帝"的君临之下，旧金山成为繁荣昌盛的爱情天堂，成为众人来朝的音乐殿堂。

伯恩斯坦的第二位弟子是伟大的编舞大师约翰·诺伊美尔，这位伯恩斯坦晚年不离左右的超级帅哥，现在是世界上首屈一指的现代舞大师，他把伯恩斯坦的音乐包括他指挥和创作的大多数作品改编成舞蹈，其中最杰出的作品是马勒第三交响曲和《大地之歌》、巴赫的《马太受难曲》和海顿的《创世纪》、莫扎特的《安魂曲》和舒伯特的《冬之旅》，用来配乐的当然都是伯恩斯坦的录音版本。还有最重要的将近两个小时的《DANCE》，所有的音乐都是伯恩斯坦指挥或演奏自己的作品的录音。伯恩斯坦去世以后，他的遗作《锦城春色》被MTT和诺伊美尔合作完成世界首演，MTT指挥的录音由DG公司出版。

伯恩斯坦的第三位弟子便是我们中国人非常熟悉的尤斯图斯·弗朗茨，他是一位优秀的钢琴家，曾多次与伯恩斯坦合作演出，还一起表演过钢琴四手联弹。他现在也成为不错的指挥家，不过更重要的身份是音乐活动家，不仅将伯恩斯坦创建的太平洋音乐节发扬光大，而且还创办了以年轻艺术家为演出主体、规模直追萨尔茨堡音乐节的"石荷州音乐节"。他也和MTT、诺伊美尔一样，正身体力行地将伯恩斯坦的毕生意愿一步步转化为现实。

历史总是具有一种继承性，伯恩斯坦作为第一次马勒"复兴"的代表性人物已经载入音乐史册，他的学生，不论是MTT，还是诺伊美尔和弗朗茨，都在以新的理念、新的形式，在新的世纪里为马勒的热爱者们带来新的马勒体验。

2005年9月29日，当英国《留声机》大奖将分量最重的"年度艺术家"奖项颁发给因马勒《第九交响曲》而获提名的MTT时，未能出席颁奖仪式的MTT正在旧金山戴维斯交响音乐厅指挥马勒第五交响曲的第二场演出。2006年5月31日到6月3日，MTT将连续指挥四场马勒第八"千人"交响曲，如果算上4月上旬演出的第十交响曲第一乐章"柔板"，MTT的"新"马勒交响曲全集将于明年完成全部制作。我们最后的盼望是《大地之歌》，可以想见，女中音一定是MTT最喜欢的米歇莉·德·咏，她已经和大植英次录过一张《大地之歌》的唱片，演唱非常出色，她与MTT合作的第三交响曲和《亡儿悼歌》也都可列入名演之列。

关于MTT，一切都那么值得期待。

阿巴多的"最后一口气"

  如果马勒在写完第六交响曲之后去世,对他该是多么美丽的结局啊!所有的烦恼忧愁不复存在,他与这个世界达成幸福的和解,他在爱情最迷人的芬芳中谢世,不会有《大地之歌》中的"生命苦短",也不会在第九交响曲中用死亡的恐怖阴影来恐吓并超度自己。

2004年5月，我去西班牙出差，临行前登陆柏林爱乐大厅网站，得知已经离任并绝症缠身的指挥大师克劳迪奥·阿巴多将重返柏林爱乐大厅，指挥他曾经的亲兵柏林爱乐乐团演出三场马勒的第六交响曲，就是标题"悲剧"的那首。我深知这场演出的分量与价值，一旦亲历，必将成为一生中最难忘的回忆，它注定会成为古典音乐演出史上最重要的音乐会之一。我想人已经在欧洲了，为这场音乐会从巴塞罗那专门飞一趟柏林都是值得的，所谓"不惜一切代价"看来还是言重了。然而我最终还是错过了这场音乐会，因为不可脱身的俗务，因为在十分紧张的西班牙之行中挤出三天实属不可能，当然，入场券能否顺利拿到也是"未知数"，突然一切都显得仓促无措。

2005年，这场演出的录音CD由DG唱片公司发行，乐评家和音乐报刊随之推波助澜，一时该录音被奉为"传奇"，并迅速冲上销售排行榜的前列。据说，马勒第六交响曲上一次上榜已是十五六年前的事情，当时的版本是伯恩斯坦指挥维也纳爱乐乐团，也是由DG出品。我在伦敦结识的英国著名的音乐评论家大卫·古特曼不仅是研究马勒交响曲的权威学者，而且是坚定的伯恩斯坦拥护者，他始终以伯恩斯坦的诠释为准绳，用以对照比较其他的马勒诠释者。他称阿巴多的马勒第六交响曲是"紧密精致、帘幕重重的旧式马勒"，与伯恩斯坦的"怒放与凋零"意象截然不同的是，阿巴多的马勒在速度控制上谨慎而微妙，被有意淡化的弦乐呈现出室内乐般清澈空旷的效果，犹如"置音乐于阿尔卑斯山沐浴着春光的峰岩上"。

在古特曼看来，伯恩斯坦是不可仿效的，他的马勒境界难以企及，不仅仅是忠实马勒原意，而且具有"终结者"的意义。"怒放与凋零"是古特曼评价伯恩斯坦的马勒的神来之笔，伯恩斯坦用生命诠释马勒，每一次马勒的演奏都是生命的一次燃烧。他后来在睡梦中无疾而终，看起来亦顺理成章。但是阿巴多在指挥这部《悲剧交响曲》时已经身怀绝症，病入膏肓，他形如枯槁，消瘦得不成人形，看了就让人心疼得受不了。自从2000年被确诊为胃癌并做了手术之后，他的生命之钟就进入倒计时。他的诠释理念和音乐感觉大变，每一次录音都像是一份遗嘱，贝多芬和马勒是他遗嘱的核心，继2000年岁末赶在新世纪到来之前录制完成新的贝多芬交响曲全集之后，他开始了第二个马勒交响曲"循环"，这个"循环"完全来自现场录音，先是第三，然后是第七和第九，2003年完成第二《复活》，2004年是第六《悲剧》，2005年是第四。

与他的第一套马勒交响曲全集相比，新的马勒不仅音响的动态感、鲜活感和亮丽感都有所抑制，而且越向前推进就越显得动力感在削弱，甚至在节奏的变化上也多有笨拙滞涩之处。从2002年听他指挥柏林爱乐演奏的马勒第三交响曲开始，我就一直有"这是阿巴多最后的录音"之感，借用我最崇敬的西班牙电影导演布努埃尔的自传书名《我的最后一口气》，我感到阿巴多在指挥他的"新世纪马勒"时，每次用的就是"最后一口气"。他既深思熟虑，竭尽全力，又努力克制，极尽节俭。他在许多抒情的慢板段落的细节表现上展示出不凡功力，多有发前人所未发之笔，而且感人至深，直达生命的终极目标。以上指向常常在第一乐章都未形成主流，而是如潺潺小溪慢慢汇成势不可挡的长河大川，也就是说到了第三、四乐章的时候才获得决堤般的大爆发。我想这也是大卫·古特曼对阿巴多的第六稍有微词的地方，因为按照阿巴多指挥第三、第七、第九和第四交响曲逻辑上的思路，他不应该在第六交响曲中采用将"行板"乐章移到第二乐章的做法，这是一种曾经流行的比较庸俗的理解，我实在摸不透阿巴多为何让自己的挽歌提前到来，难道是与贝多芬的《英雄》做一个有意的对应？

正如古特曼所说，阿巴多的许多处理方法都比较老派，音响层次厚重集中，色彩变化少，意境上追求朴素纯净、恬淡幽暗，造成的动人效果是不知不觉的。一个人格高尚的人，对他即将告别的世界往往心满意足，少有留恋。他用"最后一口气"吟咏出大彻大悟之后的本真、荣华烦嚣过后的宁静与单纯，作品的戏剧性被抽离了，困顿的煎熬也释放得烟消云散，音乐的肌体就像阿巴多的身形一样枯瘦，但面容释然，无牵无挂。《悲剧交响曲》行板乐章那个著名的有"情书"之称的"阿尔玛主题"不再一唱三叹，徘徊不去，而是如贴在高高蓝天上的散淡碎云，缥缈自在，渐行渐远；或者如羽毛的精灵，在不可知力量的操动下，沿着命里注定的轨迹，在空中画着骄人的美丽曲线。听着阿巴多的演奏，我在想，如果马勒在写完第六交响曲之后去世，对他该是多么美丽的结局啊！所有的烦恼忧愁不复存在，他与这个世界达成幸福的和解，他在爱情最迷人的芬芳中谢世，不会有《大地之歌》中的"生命苦短"，也不会在第九交响曲中用死亡的恐怖阴影来恐吓并超度自己。

在《悲剧交响曲》之后，我不认为阿巴多的新马勒交响曲全集再有克尽全功的必要了。他在去年底问世的第四交响曲里已无话可说，不过是重新确立一个标准范本而已，当红女高音热妮·弗莱明的庸俗独唱也大大连累了这个在乐队方面并无出彩的录音。剩下的第一、第五和第八恰恰都是马勒最词不达意之作，尽管它们代表的是马勒生命及创作道路上的三个重要阶段。

也许当马勒已经超凡入圣之时，瓦格纳成为阿巴多的"最后一口气"，他在两三年前指挥琉森音乐节乐团演出了音乐会版《特里斯坦与伊索尔德》的第二幕，再一次透支了他已呈枯竭之相的生命能量。去年，我听到了他的瓦格纳作品新专辑，最精彩也最发人深省的是《帕西法尔》组曲，以超越人性的观念演释一部弃绝人性的作品，表现出来的是十足高洁的人性。阿巴多的"最后一口气"也许就是"神圣礼拜五"所感悟到的信仰的更加坚定。对最伟大的指挥家来说，《帕西法尔》是最荣耀的结局，赫尔曼·莱维、费利克斯·莫托尔、克莱门斯·克劳斯、汉斯·克纳佩尔茨布什、埃里希·莱因斯多夫，还有赛尔吉乌·切利比达克，这位我尊奉为神的伟大人物，他晚年最具神性的录音正是"神圣礼拜五的音乐"。

唯美主义的"里卡多"

在这座瓦格纳出生之城,布鲁克纳的声音从来没有如此接近瓦格纳,夏伊偏爱的第四交响曲"诺瓦克版"总谱极尽乐句铺陈展开之能事,格万德豪斯乐团的乐师们几乎是中毒上瘾一般地将博大的"唯美"表现进行到底。

"里卡多"是很普通的意大利男人名字，但作为意大利人的骄傲的两位当代杰出指挥家都叫这个名字，一位是更年长的里卡多·穆蒂，另一位便是里卡多·夏伊。

夏伊比可能更知名的英国指挥家西蒙·拉特尔年长两岁，却比他足足大了一个辈分。在卡拉扬与伯恩斯坦去世以后的欧洲指挥界，有四位所谓意大利中生代指挥家广受注目，他们是阿巴多、穆蒂、西诺波利和夏伊。在这年龄相差二十岁的"一代人"当中，夏伊是最年轻一个，他甚至在十九岁的时候做过阿巴多在米兰斯卡拉歌剧院的助理指挥。单纯从指挥履历来看，夏伊可谓少年得志，平步青云。二十一岁芝加哥抒情歌剧院首演；二十五岁斯卡拉歌剧院首演；二十六岁皇家科文特花园歌剧院首演；二十九岁维也纳国家歌剧院和纽约大都会歌剧院首演，同年被聘为柏林广播交响乐团首席指挥、伦敦爱乐乐团首席客座指挥；三十一岁萨尔茨堡音乐节首演（受卡拉扬之邀指挥莱比锡格万德豪斯乐团）；三十三岁被聘为波洛尼亚城市歌剧院音乐总监；1988年，有着百年历史的世界著名乐团阿姆斯特丹音乐厅乐团被荷兰女王授予"皇家"称号，三十五岁的夏伊成为继凯斯、门格尔贝格、贝努姆、海丁克之后第五任首席指挥，而且是第一位"非荷兰人"。至此，夏伊达到与阿巴多比肩的位置，影响力超过穆蒂和西诺波利。

正像所有意大利指挥家一样，夏伊最初也以指挥意大利歌剧赢得声望，他在成为柏林广播交响乐团以及伦敦爱乐乐团指挥之后，事业重心转向对德奥浪漫主义特别是后浪漫主义交响音乐的诠释，并以指挥勃拉姆斯、马勒和布鲁克纳的交响曲系列音乐会风靡乐坛。与阿巴多等人相比,夏伊的音乐风格略显老成,他站在传统立场,以貌似保守的处理手段对乐谱上的速度及力度符号给予最大程度的尊重,客观上给听者以过于精确甚至谨小慎微的印象。然而当我们换个角度来琢磨夏伊的声音,会发现他在强调旋律的绝对主导性同时,使一切居于陪衬位置的音响色彩都趋于柔软平滑,与主旋律天衣无缝地编织在一起,达到另外一种消解质感的美学境界。这种境界其实充满现代性,它的妙处就在于将浪漫主义的空洞思考与无序情感化为纯音乐的色彩练习和感官愉悦。这种解读确实能使布鲁克纳和马勒的音乐别开生面,只是能否达到真实的"准确"倒需要人深思了。

夏伊指挥皇家音乐厅乐团演奏的马勒第十交响曲(德里克·库克完成版),现场的声音一出来感觉非常陌生,这种陌生感一直持续到全曲奏完。夏伊出乎意料地采用在我看来是毫无节制的速度,使演奏时间比唱片上至少慢了十几分钟。因为这种"慢",我辨认出更多在唱片中被忽略的环节。在那么巨型的演出大厅里,夏伊气宇轩昂,满怀自信地不放过一个细节铺陈,其镇定自若、举轻若重的大家风范具有绝对的征服力量。像大多数明星级大师一样,夏伊也有他的傲慢,但这种傲慢不易察觉,它是真诚而朴素的,我们可以把它理解为低调或者内省。

从2005年开始,夏伊同时接任有悠久历史的莱比锡格万德豪斯乐团以及莱比锡国家歌剧院音乐总监二职。夏伊清楚地认识到,在莱比锡进一步发展他的事业,"这个地方的历史当然会起到作用,考虑到和这个城市有密切关系的作曲家,从巴赫到门德尔松,然后是早期浪漫主义,从舒伯特到舒曼。特别是贝多芬的音乐会在莱比锡占据重要位置,那是继承尼基什开创的传统——他启发了门格尔贝格在阿姆斯特丹指挥贝多芬交响曲全集"。

2005年9月2日的音乐会是夏伊在莱比锡格万德豪斯乐团的"登基演出",之后连续四场演出的都是门德尔松的《颂赞歌》,作品虽嫌生僻,却与这个"门德尔松之城"非常相称。所谓《颂赞歌》就是门德尔松的"第二交响曲",夏伊采用的是1840年莱比锡首演的谱本,所以听起来与我们通常接触到的卡拉扬版、马舒尔版或阿巴多版有点不一样。夏伊以往给人的印象是以后期浪漫主义音乐见长,这次到莱比锡将是一个双向受益的结局,此点毋庸置疑。莱比锡在后期浪漫主义作品的演奏方面是一个弱项,而夏伊则会在这座德国古典与浪漫主义音乐的重镇接受贝多芬、舒曼和门德尔松的演释考验。虽然我们还无法想象他的贝多芬会从何种理念出发,却有足够的理由相信他的舒曼和门德尔松必当无比精彩,这次"登基演出"的成功即是最佳证明。

开场的《仲夏夜之梦》同样采用的是1826年的"原始版本",尽管在管弦乐配器上不像最终版本那样玲珑剔透,天衣无缝,却给了夏伊铺张舒展的空间。精致与灵巧不是夏伊的目的,他在辉煌的音响和意味深长的沉静对比中大做文章,格万德豪斯音乐厅共鸣极好的厅堂效果将这种对比表现得淋漓尽致!半个多小时的美妙管弦乐过后,人声的进入掀起了更加宏大雄伟的波澜,在女高音的强劲高歌中,衬托中的管弦乐每一个音都那么松弛圆润,听起来既清楚又自然,真是十足悦耳,身心如沐春晖。瓦格纳男高音彼得·赛夫特和玛丽亚·施妮策夫妇的声音纯度为这部作品增添了英雄性和史诗性的意味,他们与柔软细腻的弦乐还有那似从远方飘来的歌声融在一起,毫无疑问提升了门德尔松的作品境界。这是一张令我如获至宝、听来至为感动的唱片!我为没能亲临现场而遗憾不已,总是感觉这样具有里程碑价值的现场越来越少得不可思议,错过一个必抱憾终生。

我一向以为我是熟悉"格万德豪斯之声"的,从民主德国时期的弗朗茨·孔维奇尼到"布拉格事变"前的瓦茨拉夫·纽曼(他是捷克人,事变后回国出任捷克爱乐乐团首席指挥),从富于前卫探索精神的库特·马舒尔到修为深湛、甘于守成的赫伯特·布隆施塔特,他们之间平稳的交替过渡始终保持的老派成熟的声音特质即便经过二战后社会意识形态的重大洗礼及德国的由分裂走向统一,作为德国交响乐纯正传统的代表,这个拥有二百余年历史的所谓"布业公会大厦"(格万德豪斯)乐团的底气与实力都不允许来自任何层面的小觑,相反倒是随着岁月的沧桑变迁越发赢得更普遍意义的尊敬。

格万德豪斯乐团作为最后一个访华的世界顶级乐团,在夏伊的统率下可谓尽展其能,不仅有门德尔松和莫扎特,还有最可见证乐团风格发生惊人变化的马勒和布鲁克纳。正像一百余年前还是青年的马勒的到来改变了那个年代最伟大的指挥家阿图尔·尼基什确立的贝多芬演绎标准一样,夏伊履任伊始,便使乐团基本摒弃了孔维奇尼和马舒尔时代缔造的纯厚刚猛的"布鲁克纳音响"。在这座瓦格纳出生之城,布鲁克纳的声音从来没有如此接近瓦格纳,夏伊偏爱的第四交响曲"诺瓦克版"总谱极尽乐句铺陈展开之能事，格万德豪斯乐团的乐师们几乎是中毒上瘾一般地将博大的"唯美"表现进行到底。纤细飘逸的弦乐和璀璨透彻的铜管把神圣的穹顶打开无数天窗，让灿烂耀眼的彩霞光芒倾泻而入。

在这首更讲究整体感的布鲁克纳第四交响曲面前，不得不说夏伊的马勒第一交响曲"巨人"面临被解构的危险，他在骄傲而自信的乐师慷慨支持之下，完全陷入"自恋"的境况，过于追求每一处细节的精雕细琢，在声压动态对比中大"秀"弦乐的泛音和铜管的质感，以至于我们的心灵在一个月前刚被阿巴多指挥琉森节日乐团的同样曲目涤荡之后，竟这么快地心猿意马，凡心大动，简直像是面对一部印象派作品，斑斓的色彩，异国情调的句法处理，委婉曲折的情感流露，对死亡的超然意态，高潮的蕴积与层层释放，可以说在每一个局部都让马勒的这首"青春祭"作品达到前所未有的唯美境界，几乎令人难以辨认！这又是马勒的哪一个谱本？它使我不由联想到夏伊到莱比锡之后指挥的舒曼交响曲采用的竟然是马勒当年修订过的总谱，而且他同样把诠释马勒的风格施加于舒曼的四部交响曲。

我必须说我特别喜欢夏伊的马勒，他的马勒交响曲全集总在我的推荐之列。马勒，看起来不仅是夏伊艺术的核心点，目前也成为格万德豪斯"新声"的聚焦点。所以当音乐会上门德尔松的第五交响曲"宗教改革"那熟悉的众赞歌主题被奏响时，我会强烈感受到乐团演奏的方式其实与对待瓦格纳《帕西法尔》的"信仰"主题毫无二致——门德尔松突然被瓦格纳化了！就像足球场上一次"长传冲吊"式的进攻，从门德尔松到瓦格纳或者马勒（马勒毫无疑问是奠定现代瓦格纳诠释标准的最重要一人），没有经过任何"中场传递"，真不知门德尔松在天之灵如何接受这一事实？

如果说夏伊为格万德豪斯带来的"新声"足以令乐师和听众麻醉，那么最好的解药应该是莫扎特了。在第一场音乐会上，乐团联袂美女小提琴家阿拉贝拉·施坦巴赫率先奉献的莫扎特第三小提琴协奏曲在马勒和布鲁克纳的交响饕餮大餐之前，简直是一次素食主义者的宣言。作为师出迪蕾、吉特里斯和穆特的施坦巴赫，她的气质和琴艺有极高的一致性，或许正是因为她没有丝毫卖弄的演奏，令已经脱胎换骨的格万德豪斯乐团有机会重新找回一点昔日的正襟危坐仪容，只是厚重浓郁的力道仍然被无情地剔除了。在当今小提琴美女层出不穷之际，施坦巴赫或许属于另类之列，她的过人技巧似乎总在深藏不露，一位可以高超诠释肖斯塔科维奇和哈恰图良的年轻人，竟极力把莫扎特往含蓄的路子上靠，让我简直不敢相信她就是从前那个在ORFEO的录音里把皮亚佐拉演奏得既狂野又缠绵的红衣女孩。

"青春无悔"阿巴多

在这样的马勒之前,我们有理由欢呼阿巴多的再生,更有理由相信阿巴多的"无悔青春"永在。

年逾古稀的阿巴多看起来比实际年龄更衰老更羸弱。当我们习惯津津乐道于指挥的职业对长寿的益处时，不得不说在阿巴多的音乐会上，更多的感受是心痛，是不忍，是在面对一个圣徒的受难。

2000年以后，我开始期盼阿巴多的每一场音乐会，却同时下意识地回避这样的机会。我不能忍受代表曾经"青春一代"的热血指挥终于以老态龙钟或者说风烛残年的样貌示人，这一切都来得太突然太快了！一场重病摧毁了他！因为他是圣徒，所以他奇迹般地"复活"！对于有"神迹"附体的人来说，他的继续存在自有其非凡的意义，而我们这些热爱音乐的人，便获得"重听"马勒"复活"交响曲的机遇。

阿巴多是和瑞士的琉森音乐节一起"复活"的，经他重新组建的琉森节日乐团以同样由他缔造的马勒室内乐团（与"古斯塔夫·马勒青年乐团"不是一回事）为班底，不无奢华地混搭青年独奏才俊和顶级室内乐组合，从而使历史悠久的琉森音乐节以"青春的光芒"重新普照天下，一跃而为全球水准最高、魅力最强的夏季音乐节。阿巴多及其追随者毫无疑问是名副其实的"青春派"，他们诠释的贝多芬、舒伯特、门德尔松、舒曼、勃拉姆斯、瓦格纳和马勒都非常本真自然地突出了青春年少的兰心蕙质，是音乐演奏史上独一无二的亮丽风景。

阿巴多是我们时代的"马勒之友"，他指挥琉森节日乐团的马勒音乐会一定是每年琉森音乐节最令人期待的风景，虽然已经出版过好几张DVD可以暂饱眼福兼耳福，但迄今为止唯一的唱片录音正是"复活"交响曲。与阿巴多在DG的第二个4D

录音的"复活"相比,这个由青年人完成的演绎成熟稳健,甚至显得理性十足、情感淡雅。关于死亡与再生的参悟无疑从宗教的范畴上升至哲学的境界,呈现出"另类青春"的沉静与怡然。联想到前一个音乐季阿巴多指挥柏林爱乐上演的第六"悲剧"交响曲,许多处理方法也许更趋于老派风格,音响层次绵厚古朴,色彩变化极少,也同样在意境上追求朴素纯净、恬淡幽暗,但造成的动人效果是不知不觉、若即若离的。阿巴多毕竟内心火热,他充满青春情怀的吟咏仍是大彻大悟之后的本真,这是荣华烦嚣过后的宁静与纯粹,他把世俗的戏剧冲突刻意抽离,将故事中萎然困顿的煎熬释放得烟消云散。此刻音乐的肌体正像阿巴多的强撑病躯一般枯瘦,但表情释然,无牵无挂,无欲无求。分外动人的行板乐章不再一唱三叹,徘徊不去,而是如贴在高高蓝天上的散淡碎云,缥缈自在,渐游渐远;或者如羽毛的精灵,在不可知力量的操动下,沿着命里注定的轨迹,在空中画着骄人的美丽曲线。

在这样的马勒之前,我们有理由欢呼阿巴多的再生,更有理由相信阿巴多的"无悔青春"永在。不仅仅是马勒,还有贝多芬。他在壮年时期指挥维也纳爱乐的里程碑录音,绝不输于卡拉扬的最后一版,在情感的丰满和真挚方面犹有过之。虽然此时阿巴多走的还是铺张和浓郁的路子,但这套录音的存在正为他十年后的柏林爱乐新版提供了具有历史文献意义的对应。如果拿阿巴多的《英雄》和《田园》与著名的卡尔·伯姆指挥维也纳爱乐的版本相比,便会清楚地发现,伯姆传达的是精湛的职业精神,而阿巴多则是青春热血的全情投入,他将个人的生命与贝多芬的世界重合，他所能够呈现的情感方面的多种可能性，在维也纳爱乐娴熟技艺的信赖和保证中得到了最有价值的释放。

2000年，正是阿巴多的命运之年，他的新版贝多芬交响曲全集问世，堪称"青春惊艳"！那是受到极强烈"本真"理念影响的全新阐释，被认为具有"遗嘱"性质。然而，DG在2008年又将阿巴多指挥柏林爱乐2001在罗马的实况录音上市，使我们得以领略阿巴多的"贝多芬观"在一年当中的微妙变化。我能真实感觉到阿巴多对待每一次演奏的用心和他青春激情勃发的内在驱动。他的声音竟然越发纤细越发娇媚，似乎终于将贝多芬的款款深情公然彰显出来。当我不再对贝多芬交响曲所谓"最好的版本"怀有企图时，阿巴多这个罗马录音倒是经常陪我度过一个又一个寂静的夜晚。

阿巴多在琉森音乐节还把青春的激情呈现给与这个秀丽湖城难解情缘的瓦格纳，他与琉森节日乐团上演的音乐会歌剧《特里斯坦与伊索尔德》狂风骤雨，石破天惊！那是怎样疯狂的不眠夜！所有人的心灵被激荡，所有人的激情被引发。一个泪飞如雨的夜晚！一个"爱之死"的体验瞬间！

说到阿巴多的瓦格纳，我们不能不再次聆听他于2003年录制的一张管弦乐选集，其中最精彩也最发人深省的是《帕西法尔》"组曲"，阿巴多以超越人性的观念演释一部弃绝人性的作品，表现出来的是十足高洁的人性，它具有返璞归真般的单纯，是阿巴多"青春意象"的又一次深度聚焦。他在"神圣礼拜五"所感悟到的信仰比瓦格纳更坚定，这明显是他深度"中毒"的结果。对于日臻化境的伟大指挥家来说,《帕西法尔》正是最荣耀的结局。

"金童玉女"的"风景线"

四十年来，两位音乐家在各自的道路上艺术境界日臻完美，光阴荏苒，如今他们都年事已高，人生道路接近尾声。

今年是古典音乐第一唱片品牌DG（Deutsche Grammophon）成立一百一十一周年，在DG官方回顾百余年辉煌历史的撰文中，除指挥家赫伯特·冯·卡拉扬和钢琴家威廉·肯普夫之外，属于"中生代"的指挥家克劳迪奥·阿巴多和钢琴家玛尔塔·阿格丽希已然位居最重要的旗下艺人，他们与DG的姻缘已近半个世纪。

阿巴多与阿格丽希的首次合作录音在1967年，当时演奏的曲目是普罗科菲耶夫和拉威尔的协奏曲，这恰好也是两位风华正茂的艺术家为DG唱片品牌的第一次录音，与他们合作的乐团竟是卡拉扬执掌的柏林爱乐乐团。这个录音不仅帮助年仅二十余岁的阿格丽希确立了作为一位极富活力和自信的女性钢琴家的国际声誉，同时也奠定了两位艺术家长期的深厚友谊。虽然两人马上又录制了肖邦和李斯特的第一钢琴协奏曲并同样获得广泛好评，但从此以后，这对人人称羡的"金童玉女"却再也没有一起录过钢琴协奏曲，尽管这期间他们还曾经同台演出多次，可就是没有唱片问世。我想其中原因不外乎阿格丽希独特个性使然，一方面她在DG主要以录制独奏曲为主，另一方面与她合作协奏曲录音的指挥家不是丈夫就是情人，气质木讷并越来越稳重老成的阿巴多大概已经不太可能唤起她的激情？

四十年来，两位音乐家在各自的道路上艺术境界日臻完美，光阴荏苒，如今他们都年事已高，人生道路接近尾声。阿格丽希年逾六旬，人老珠黄，往日任性娇艳的小女人风华不再；阿巴多身患绝症，身体状况日益糟糕，已从乐坛一线告退，转而致力于对年轻人的提携与培养。最近几年阿巴多主要以在音乐季的间歇期指挥和训练马勒室内乐团及琉森节日乐团的节日演出或巡演为主要活动，还同时玩起了"本真演奏"，在意大利创立了"莫扎特乐团"，在阿巴多的新事业里，自然有许多大音乐家纷纷前来捧场，其中阿格丽希肯定是最重要的人物之一。

阿巴多与阿格丽希在录音方面的"前缘重续"是一张贝多芬（DG 00289 477 5026）C小调第三钢琴协奏曲（作品37）和降B大调第二钢琴协奏曲（作品19），乐团不出意料是马勒室内乐团。两部作品都是在意大利费拉拉的音乐会实况录音，时间上相差四年，作品19在先，作品37在后。这四年正好是阿巴多以坚强的意志战胜癌症，暂时脱离死神掌握的四年，音乐的表现上应该有所不同。对于阿格丽希来说，已经最大程度地减少商业演出，在这四年里，不论是音乐会还是录音，她都离不开"阿格丽希和她的朋友"这一主题。确实，人到晚年，友谊比什么都要珍贵，对艺术家来说格外如此。

2004年2月演出的第三钢琴协奏曲应该拥有超级经典的地位。阿格丽希比以往任何时候都要含蓄内敛，没有一点游戏炫技的痕迹，特别是她触键，柔软温厚，自然无形，达到匪夷所思的崇高境界。第二乐章是我最钟爱的演奏，钢琴声部完全融入乐队，成为不可或缺的有机部分，这在从前特立独行的阿格丽希那里完全不可想象。在思想深度和抒情性发生重要变化的同时，阿格丽希的技巧仍旧高超，是炉火纯青的境界，在此不得不承认，阿格丽希的天才成色丝毫不见减退，她是我们这个时代真正的天才！

再说阿巴多的乐队。在演奏第三钢琴协奏曲时，这完全不像是一个青年乐团，那从容的步态、优雅的分句、温暖宜人的音色、含蓄的力量控制、极有分寸感的动态把握以及比例得当的结构平衡，都十足呈现出一个一流乐团的高级水准。我想这完全是阿巴多的功劳。即便与同入这张唱片的2000年2月同一地点的演出相比，也是进步神速，脱胎换骨。尽管这四年也有大量的人员流动，但作为一个成立时间达十几年的乐团，在众多像阿巴多这样的大师的悉心调教下，基本形成自己的声音风格，如果再假以时日，我看，古典音乐录音的"还魂丹"称谓用在这个乐团身上是再恰当不过了。目前，年轻的指挥天才丹尼尔·哈丁是这个乐团的常任指挥，而哈丁曾在柏林爱乐乐团做过阿巴多的助理指挥，这种同出一脉的传承关系保证了马勒室内乐团长期良性的发展。

第二钢琴协奏曲是阿格丽希最喜欢弹奏的钢琴协奏曲之一，对比她从前与朱塞佩·西诺波利合作的录音，发现完全是两个世界。当年她在贝多芬演奏上另类出位，在动态与力量对比上极尽夸张，寻求刺激，故弄玄虚，充满现代性与娱乐性，为乐坛带了十分令人侧目的冲击。不过平心而论，那个录音听来确实十分过瘾，感觉新的时代就应该如此演奏贝多芬。在阿格丽希那里，不论她如何任性，如何别出心裁，总可以听到最独特也最好的阐释，对于爱乐者来说已经非常满足。

但是，阿格丽希在今天还是给我们带来了另外的惊喜，她的第二协奏曲居然也有返朴归真的一面，虽然尚未达到2004年演奏第三协奏曲的境界，但比起与西诺波利合作的版本，真是从一个极端到另一个极端。正是这样的演奏，给我们提供了欣赏和理解贝多芬的多个视角，才使得音乐经典常演常新，我们的耳朵也常听常新。

这张唱片封面用的是 2000 年的照片，而内文插图用的是 2004 年的照片。四年来阿格丽希倒是变化不大，阿巴多却日渐消瘦枯槁，令人唏嘘不已。

"全新"贝奇科夫

陈萨当年在技巧上即领先同侪,现在也不输给任何人,其实她最可夸耀的是兰心蕙质及领悟能力,一旦得遇像贝奇科夫这样的"绝世高人",是很容易进入对方的世界中去的。

俄罗斯指挥天才赛米扬·贝奇科夫没有在风华正茂的青年时代如卡拉扬所愿成为后者在柏林爱乐的接班人,今天看来并非一件憾事。卡拉扬去世以后,他远避柏林,先后在巴黎乐团、科隆广播交响乐团和德累斯顿国家歌剧院磨炼自己达二十余年之久。我们通过贝奇科夫指挥巴黎乐团为 PHILIPS 的一系列录音可以看出他演奏曲目的扩展和诠释水准明显的大幅度提高。从 1997 担任科隆广播交响乐团首席指挥开始,我们便很少能够听到他的新录音了,这与他在此期间录音的唱片发行渠道有关,因为在一年多以前,我根本不知道还有 AVIE 这个英国厂牌。

AVIE 是一个专门代理推广发行艺术家自行录音的厂牌,它的理念是鼓励艺术家发扬个性,曲目选择、录音风格都由自己作主,当然也有自负盈亏的意思。AVIE 只拥有市场推广销售的权利,它所挣得的是发行的一部分利润,这种新的唱片销售形式一时很受艺术家和部分资深唱片消费者的欢迎。目前厂牌下拥有的录音资源最著名也最有价值的有迈克尔·蒂尔森·托马斯与旧金山交响乐团、贝奇科夫与科隆广播交响乐团、霍格伍德与亨德尔海顿协会乐团、平诺克与英国音乐会合奏团、麦吉根与美国巴洛克爱乐乐团等,艺人资源包括小提琴家敏茨、安妮·秋子·梅耶斯、莫妮卡·胡盖特、拉拉·圣·约翰、阿德里安·钱德勒、大卫·弗吕维尔特,大提琴家弗奥贝·卡莱、安东尼奥·门塞斯,钢琴家吕萨·波拉克、安德烈斯·赫夫里格尔、莱昂·麦克卡维利。这个名单每年都会增加,而且好的艺术家和好的录音也会越来越多,毫无疑问,这将是一个让我们不断抱有期待的厂牌。

目前在 AVIE 目录上共有五款贝奇科夫的唱片,我虽还没有听到他指挥的肖斯塔科维奇第七和第十一交响曲,但通过十分精彩的第八交响曲,亦可以想见他的"列宁格勒"将会是一个有独特魅力的经典之作。因为我曾经对他指挥柏林爱乐乐团录制的第八交响曲比较推崇,所以在听这个新录音时免不了要找出来比较一番,得出的结论是更浑然天成,更具有内在的张力和外观的壮阔,除了音响效果还不及普莱文的 DG 版深邃细致之外,总体上已经超过康德拉申、海丁克、格吉耶夫、阿什肯纳吉和他本人的旧版。

第一次听贝奇科夫指挥的马勒,还是通过 DVD 上的《大地之歌》,当时很惊讶,他的乐队太美了,以至于我都忽略了包括瓦尔特劳特·玛耶尔等歌唱家的演唱。现在听这个第三交响曲,我仍有这种感觉。贝奇科夫的马勒观念完全是彻头彻尾的唯美主义,无论是弦乐还是管乐,都做出许多装饰音和延迟音,节奏也尽可能拖得很慢,将细节充分展开,真有点切利比达克的味道,只是凝重感和庄严感稍逊。说心里话,贝奇科夫的马勒我听来并不十分习惯,但必须承认它有文献价值,在感官上也是一种新的刺激。对于众多的马勒迷来说,它的吸引力自不待言。特别应该指出的是,女中音丽普芙赛克唱了那么多马勒,只有在这里的那段"尼采"才让我听出真正的沉吟感觉,这种状态大概也应和贝奇科夫的要求有关吧?

勃拉姆斯的四首交响曲用了将近两年的时间录成,整体水准上非常平均,这应当是勃拉姆斯交响曲一系列名版中的又一个令人眼前一亮的版本。科隆广播交响乐团的整体素养在这套勃拉姆斯中可谓发挥得淋漓尽致，几无瑕疵。他们的音响浑厚而透彻，高音区清澈温暖，低频饱满而有节制、结实而稳定，显得很自然，没有录音效果方面的夸张。最可贵的是乐手们的精神状态，既竭尽全力，焦点集中，又内敛自然，富于喜悦的歌唱性。在贝奇科夫的带领下，能够感觉到他们的亢奋和自由，所以很多乐段演奏得很火爆，如洪流奔腾，一浪高过一浪。四部交响曲中，我都能感受到他们燃烧的激情，不论是第一交响曲还是第四交响曲，每个乐章到结尾时都趋于白热化，我还是第一次在听勃拉姆斯的时候感到浑身燥热，脸部发烫，听这样耳熟能详的音乐已经好久没如此激动过了。

理查·施特劳斯的《英雄的生涯》和《变形曲》录得比较早，是2001年的演奏，后者没有在科隆爱乐大厅录音，而是在一间真正的录音室。这两部作品的录音效果都还不算一流，很容易被别的名版比下去，但从整体演奏方面衡量，仍然无懈可击，可以说在勃拉姆斯演奏方面的特点在这里也都具备，同样是一个白热化的演奏，而且乐队进入状态以后的表现越来越令人兴奋，场面和纵深背景都很宽阔宏大，用气势磅礴形容比较贴切。正像贝奇科夫的外表和他的内在世界所构成的对立统一一样，他的理查·施特劳斯也在宏大的背后暗藏深度的细节铺陈与刻画，乐器及声部之间色彩纷呈的穿插缠绕灵动而巧妙，充满形式与逻辑方面的美感；弦乐的音色也随乐章性格的变化而丰富多姿，揉弦与滑音的运用都很精妙新奇，使这部原本空泛夸大的管弦乐音响一时充满了令人流连的小趣味、小情调，那位日本女首席的独奏也很适合这种情绪，总之这是一个唯美的完全追求听觉享受的独特演绎，但音响上没有任何可疑的夸张。《变形曲》同样精致高雅，展示的也是弦乐器各个声部的超级美感以及互相之间的逻辑关系，一遍一遍地听下来，除了赞叹还是赞叹。

北京的怪现象是多好的演出都有人不买账，这不是"一览众山小"的问题，而恰恰是既孤陋寡闻又目空一切。当然，媒体疏于宣传引导亦有不小责任，有多少音乐爱好者因为信息不畅与这样的一流大师一流乐团失之交臂啊！最令人心疼的是上座率不到七成，想想在科隆的场场爆满，在欧美各大音乐节的一票难求，贝奇科夫和他的乐团在北京显然遭遇了严冬。但是这些影响到艺术家的情绪了吗？没有！他们在并不讨好的《罗密欧与朱丽叶幻想序曲》中就敢于做极度徐缓细微的处理，声音出来的那个绵密浑厚，那个清澈松弛啊！贝奇科夫毫无疑问是一位"与时俱进"的音乐家，他并不拘泥于俄罗斯作品的传统解读理念，也没有对前辈大师亦步亦趋，他的艺术品味是高蹈的，他的心是沉静的，在进入享受音乐状态时是物我两忘的。

风风火火登场的俏丫头陈萨在拉赫马尼诺夫《帕格尼尼主题狂想曲》略显拘谨的头几个音之后，很快便攀上贝奇科夫的境界，令人惊叹！守甚样人学甚样人，此言不虚。陈萨当年在技巧上即领先同侪，现在也不输给任何人，其实她最可夸耀的是兰心蕙质及领悟能力，一旦得遇像贝奇科夫这样的"绝世高人"，是很容易进入对方的世界中去的。

说贝奇科夫"绝世"是因为今天除了录音之外再也听不到这样意味深长、情意绵绵的勃拉姆斯第四交响曲了，许多心随意走的绝妙片段不是预设而属路遇,在唱片中被我赞叹过的在现场都继续升华,令我既熟悉又陌生。贝奇科夫的魔力到底在什么地方?他的手势单调而简约,他的台风平淡而朴素,难道一切谜底都在排练当中?

"祖宾宝宝"七十啦

这就是七十岁以后的梅塔,繁忙而有序,充实而自由,比从前更具权威性,也比从前更具亲和力,音乐的境界也不断令人刮目相看。

不管来自乐坛和爱乐者的对祖宾·梅塔的评价及喜好程度有多么大的出入，一生辉煌、成绩斐然的"祖宾宝宝"（一个跟随到每一个他任首席指挥乐团所在城市的忠实听众的普遍昵称）以无比满足的幸福姿态迎来了他七十岁的诞辰。这一年恰好是他结束巴伐利亚国家歌剧院音乐总监任职的年份。在尽情享受过瓦格纳的歌剧之后，他要专心在意大利的歌剧院过足意大利歌剧的瘾，同时也给他继续领导以色列爱乐乐团留出更多的空间。他也可以在任何时候去指挥他所熟悉的纽约爱乐乐团和维也纳爱乐乐团，以他目前炉火纯青的音乐诠释功力，相信每一次音乐会都会给乐团的乐师和有幸莅临现场的听众留下难忘的印象。这就是七十岁以后的梅塔，繁忙而有序，充实而自由，比从前更具权威性，也比从前更具亲和力，音乐的境界也不断令人刮目相看。

梅塔在担任纽约爱乐乐团音乐总监后期曾有"票房毒药"的恶评，受此连累，他的新唱片销售也开始走下坡路。最近十几年，梅塔的名字总是和"三大男高音"及维也纳新年音乐会连在一起，这两项盛大音乐活动的唱片自然也非常畅销。除此之外，好像就只有慕尼黑的FARAO唱片公司出版的一系列梅塔指挥巴伐利亚国家歌剧院的现场实况录音。也许梅塔已经和老东家DECCA解除了专属艺术家合约，也许梅塔与曾经雄心勃勃的TELDEC的合作计划早在前几年便无疾而终，也许梅塔和更财大气粗的SONY的姻缘还没开始就匆匆结束。最近十几年的怪现象就是，离开纽约爱乐乐团以后的梅塔的音乐会在欧洲越来越受欢迎，而他的唱片除了维也纳音乐会和"三大男高音演唱会"之外却鲜有人问津。这并非因为唱片录得不好，就我所听过的他在TELDEC和SONY出版的柏辽兹、马勒和西贝柳斯来说，还是有相当功力和独到意蕴的。那么为什么他的新唱片总是造成积压呢？我认为，一方面听他的现场比较容易，可能没有必要再去消费他的唱片；另一个更为重要的方面是：梅塔当年在DECCA录制的唱片不仅数量大，而且堪称名品精品的比例也大。三四十年前，梅塔的音乐会不仅风靡北美大陆，他的唱片也是爱乐者特别是"发烧友"心目中的宠儿。有谁没收藏过他指挥洛杉矶爱乐乐团演奏的理查·施特劳斯？那音效超群的《行星组曲》不论以哪种形式再版，都会有大量的争购者。还有他的歌剧录音，《图兰朵》、《游吟诗人》、《西部女郎》、《阿依达》和《托斯卡》等，都曾获得极高荣誉，几乎是乐迷的首选版本。

这次梅塔七十岁诞辰，拥有梅塔最多录音的DECCA不失良机地推出一套六张CD的纪念专辑。出乎所有人意料的是，这六张唱片的内容除早已家喻户晓的《行星组曲》和《查拉图斯特拉如是说》之外，几乎都是第一次以CD形式面世，比例超过八成还多。鉴于DECCA给梅塔制作的录音多以音响效果见长，而选入的作品也基本为梅塔所擅长，故这套纪念专辑的诱惑力必然很强。已经领教过梅塔音响的人，恐怕不会轻易错过他指挥的拉威尔《达夫尼斯与克罗埃》、斯特拉文斯基的《春之祭》和布鲁克纳的第八交响曲。

这套专辑的第一张唱片以歌剧序曲为主，有洛杉矶爱乐乐团演奏的《坎迪德》序曲、《自由射手》序曲、《命运之力》

序曲、《诗人与农夫》序曲和《蝙蝠》序曲,以色列爱乐乐团演奏的《威廉·泰尔》序曲、《丝绸梯》序曲、《茶花女》第一幕和第三幕的前奏曲等。这些风格各异、脍炙人口的管弦乐作品在梅塔的指挥下,无不呈现出气势华美、色彩绚丽的音响,音乐的整体性和流动感也属一流。

第二张唱片同样是光怪陆离的音响盛宴,是指挥洛杉矶爱乐乐团演奏的拉威尔《波莱罗》、《圆舞曲》和《达夫尼斯与克罗埃》第二组曲以及斯特拉文斯基的《马戏团波尔卡》和《春之祭》,都是差不多与《行星组曲》同级水准的录音。我第一次听梅塔指挥的拉威尔,感觉他的力量稍显过重,但声音色彩仍然多层次多画面,铿锵之间不乏锐利和锋芒。《达夫尼斯与克罗埃》第二组曲虽然欠缺一点想象,但场景的塑造有声有色,音乐的形状感和质感都很清晰,甚至在官能性方面呈现出唯美的倾向。不过这张唱片最吸引人的是斯特拉文斯基的《春之祭》,这大概是音响层次最厚实缜密的《春之祭》,速度非常适中,有一种从容不迫的步态。如此优异的演奏为何一直没有以CD发行,实在令人不解。如果让我来评价这套纪念专辑中最有价值的部分,《春之祭》列第一,布鲁克纳的第八交响曲列第二。

第三张唱片是梅塔比较擅长的美国音乐,以科普兰的《普通人的鼓号乐》开场,以约翰·威廉斯的两部电影音乐组曲《星球大战》和《第三类接触》为主体,再辅之威廉·克拉夫特的《打击乐协奏曲》与艾夫斯的两首管弦乐《纪念日》和《美国变奏曲》。说实话,这张唱片我不是很喜欢,约翰·威廉姆斯的电影音乐实在不禁听,所以尽管音响效果声名远播,我决却不会多听一遍的。克拉夫特的作品比较难得,梅塔演奏得非常精细,在音响层面有了更多的考究。这个录音当年与瓦雷兹的作品合在一张唱片上,也是梅塔畅销的名盘之一。梅塔演奏的《纪念日》具有一种内在的逻辑性,是艾夫斯作品当中极少见的深刻诠释。《美国变奏曲》虽为威廉·舒曼配器,但梅塔还是将艾夫斯的音乐意蕴表现得很充分,其独创性与丰满性听起来都比较过瘾。补充一句,这些作品都是指挥洛杉矶爱乐演奏的。

第四张唱片是两部英国作曲家作品,霍尔斯特的《行星组曲》、埃尔加的《谜语变奏曲》,前者是梅塔最负盛名的录音之一,后者的口碑也不差,是紧随波尔特、巴比罗利、麦克拉斯等超级名盘之后的"准超级名盘"。若论名气,《行星组曲》堪称"梅塔音响"的典范之作,每一个乐章都可以考较出梅塔对不同音乐风格的掌控。"火星"的爆发力与紧张度、"金星"的孤傲与高贵,"水星"的轻盈与灵动,"木星"的壮丽与悠扬,"土星"的迟暮与哀叹,"海王星"的魔幻与率性,"冥王星"的神秘与幽远,所有这些因素都被梅塔刻画得淋漓尽致。当然,梅塔塑造的音乐形象完全与无懈可击的音响效果紧密相连,无论从声音聚焦还是音场构成来说,都可以作为调试音响的利器收藏。我曾经在多个不同级别不同牌子的音响组合上试听过这个录音,其声音的结实力和乐器声部位置的准确性都是遇强更强,其无穷潜力到底还有多少没有发挥出来,恐怕还要进一步试下去。不过收在这套纪念专辑里的《行星组曲》声音素质还不能和美国版的"金盘"和日本版的特殊制作相比,如果真要以此录音"试音",建议还是用美国版或日本版。梅塔版的《谜语变奏曲》出现少有的温暖和深情，这是富于高贵气质的演奏，在讲究音响色彩的同时，对乐曲之间的起承转合及整体性方面多有考量，一直听下来是一个十分引人入胜的过程。对于习惯于奉波尔特及巴比罗利版本为圭臬的人来说，可以通过仔细聆听梅塔的版本，为自己的耳朵树立一个音响新标准。当管风琴在终曲进入时，那种顶天立地式的壮观迄今为止还没有哪个版本能达到这般气势。

第五张唱片是布鲁克纳的第八交响曲，乐团居然不是维也纳爱乐乐团，有点遗憾。不过洛杉矶爱乐乐团在演奏大型交响曲时的素质表现也确实惊人，声音的传递虽然有些过于直接，但能量感十足，音色饱满而富冲击力，弦乐的厚度与光泽度都很出色。梅塔在诠释这部分量超重的交响曲时，并没有做精心周密的布局，一气呵成的效果充分展露梅塔的胆识与音乐的率真。他的激情贯穿始终，而且保持在一个高度上，在同样强劲的音响效果支持下，这个第八交响曲具有压倒一切的力量和一往无前的势头。这是我第一次在听第八交响曲时不把第三乐章作为重点了，因为梅塔在四个乐章中平均使用力量，他既没在第三乐章中一味沉吟冥思，也未在第二乐章中忽略抒情的作用。所以他的第一乐章和第四乐章前后呼应极为平衡，可听性非常强。梅塔的第八交响曲不是一个无敌版本，也并非我心目中的好版本，但它有很显著的独特性，这种独特性仍然与梅塔不离不弃的音响性息息相关。一个发烧的布鲁克纳第八！一个充溢着无穷力量的布鲁克纳第八！

最后一张唱片以理查·施特劳斯的《查拉图斯特拉如是说》

为主体,再用瓦格纳的《纽伦堡的工匠歌手》、《罗恩格林》的第一幕前奏曲及《黎恩济》序曲做陪衬。这些都是未曾出过CD的录音,乐团是维也纳爱乐乐团。大概是在维也纳录音的缘故,梅塔还留下一个奥地利作曲家戈特弗里德·冯·艾内姆的《费城交响曲》的录音,这是一个很别致的分三个短小乐章的管弦乐作品,乐思简洁明快,很适合音响表现。梅塔流畅而干净利落的解读使人感觉这不是一部现代作品,听起来既有趣又感人。三首瓦格纳作品都是梅塔的拿手好戏,而且正好考验了梅塔的几个特长,《罗恩格林》的弦乐表现特别令人着迷,而《纽伦堡的工匠歌手》气势雄迈,那种坚定是否预示了未来的梅塔必将是指挥该部歌剧的大师呢?作为这套纪念专辑的最后一个曲目,理查·施特劳斯的《查拉图斯特拉如是说》以其无比辉煌、无比壮丽、无比辽阔的场面取得了无可替代的地位。任何时候听这个录音,都要被巨大的动态和声压所压迫,那管风琴的隆隆声直逼心脏,多少音响器材在此录音面前纷纷缴械投降,大现原形。这是梅塔伴随终身的荣誉录音之一,它总是在提醒我们,作为乐坛常青树的祖宾·梅塔,曾经有过如此辉煌鼎盛的黄金岁月,当再次听到那一唱三叹的弦乐群如逐波般扑面而来的时候,我发自内心地向我越来越尊敬的伟大指挥家祖宾·梅塔行一个礼,并热烈祝贺他生日快乐。

脱胎换骨的萨洛宁

这些萨洛宁送给DG的见面礼看似被格丽茂的光辉遮蔽，其实达到的还是"交相辉映"的目的。两位音乐家都是我超欣赏的人，他们的合作使我越发坚信DG的高人不是一般的高。

欧阳江河经常拿他在美国现场听过迈克尔·蒂尔森－托马斯和艾萨－佩卡·萨洛宁的音乐会来馋我，因为他知道我最近十年一直在对他们的唱片发生浓厚的兴趣。我也许对目前美国的几大乐团及其指挥比如马泽尔和纽约爱乐、埃申巴赫和费城乐团、巴伦波伊姆和芝加哥交响、小泽征尔和波士顿交响等并无兴趣，但ＭＴＴ的旧金山交响和萨洛宁的洛杉矶爱乐却是我在任何时候任何地点都渴望聆听的超级组合，我对他们的期待甚至超过欧洲的那些名声如雷贯耳的大师以及著名乐团。

关于ＭＴＴ，我曾经写过两篇文章谈到我对他的认识；而萨洛宁却始终给我一种把握不定的印象，我不知该把他定位为哪一类音乐家，或者说他到底擅长的是哪一类音乐。

我通过唱片知道萨洛宁也有二十余年了，所以在我心目中他是资历比较老的具有大师一样江湖地位的人了。只是最近听他在ＤＧ新出的几张新专辑时，顺便看了一眼他的小传，发现他明年才足五十岁。还是一位年轻人啊！

萨洛宁不仅出道早，而且起点极高。他和当代炙手可热的大作曲家林德伯格、萨莉亚霍等是同学，在芬兰西贝柳斯音乐学院毕业前后一起组织了不少音乐活动，影响深远。

萨洛宁最终以指挥天才登上国际舞台，三十出头便当上运营环境十分令人羡慕的洛杉矶爱乐乐团的音乐指导，直至今日。

萨洛宁在ＳＯＮＹ录有大量唱片，曲目一般局限在后期浪漫主义到现当代音乐，评价一向较高。我最喜欢的是他的马勒、斯特拉文斯基、普罗科菲耶夫、巴托克、卢托斯拉夫斯基等，音乐形态非常新颖，绝不落俗套，可以算得上是ＳＯＮＹ厂牌新录音中最有价值和分量的制作。

20世纪末唱片工业陷入衰退期，SONY以它当年签约的速度开始与大量音乐家解约，据说古典音乐部类中只保留马友友和萨洛宁，足见萨洛宁的现当代音乐还真不是"曲高和寡"。

因为销售战略的原因，SONY的唱片在中国大陆越来越难觅了。一段时间里，萨洛宁几乎音信全无。

好消息是三年以前知道的。萨洛宁签约DG，第一张唱片居然是为钢琴美女格丽茂伴奏贝多芬的《合唱幻想曲》和阿沃·帕特的《信经》。尽管这张唱片肯定被非凡的格丽茂完全抢去了风头，但我还是辨认出萨洛宁那不落俗套的细致而冷冽的声音，这声音在贝多芬那里理性十足，有板有眼，却在帕特宗教神圣般的祷告中情感泛滥，洋洋洒洒，好不酣畅！格丽茂的这个《合唱幻想曲》在我心目中占据了"最"的位置，其中萨洛宁的因素占多少呢？

紧接着还是为格丽茂伴奏的舒曼A小调钢琴协奏曲，又一个"最佳"！钢琴的音色之美前所未有，而乐队的表现竟使我深爱舒曼的配器，将该作品许为舒曼最完美的"管弦乐"。

这些萨洛宁送给DG的见面礼看似被格丽茂的光辉遮蔽，其实达到的还是"交相辉映"的目的。两位音乐家都是我超欣赏的人，他们的合作使我越发坚信DG的高人不是一般的高。

那么DG送给萨洛宁的见面礼又是什么呢？是一个萨洛宁作品的专辑，是三部比较大型新作的"世界首次录音"，这张唱片的问世在音乐界是一件大事，对萨洛宁本人、对DG公司、对当代音乐创作都是如此。

为大乐队的 Foreign Bodies 由芬兰广播公司委约，题献给芬兰另一位天才指挥家朱卡-佩卡·萨拉斯特。为女高音和乐队的 Wing on Wing 由洛杉矶爱乐乐团及新落成的瓦尔特·迪斯尼音乐厅委约，并题献给与此事件相关的三个人。Insomnia 由日本三多利音乐厅和北德广播交响乐团联合委约，指挥家埃申巴赫。

这些作品自诞生以来就是音乐会的宠儿，其原因就在于萨洛宁的音乐新奇而不怪异，既具实验性又均衡完美。在这个年代诞生的有分量的作品当中，萨洛宁的创作在乐队编制方面毫不取巧，动辄便是大编制，却驾驭自如，技法娴熟。在连听数天这张唱片之后，我几乎可以得出这是一些极为动听的音乐的结论，这种"动听"是建立在丰沛的创造力基础之上，建立在一个全新的音乐系统之中。我既喜欢听 Foreign Bodies 的大场面，又不肯放过 Insomnia 毫发毕现的细节。当代音乐所能给予的享受大概就是这个样子吧？

根据截至目前为止的唱片目录，DG 将陆续发行萨洛宁指挥洛杉矶爱乐乐团的音乐会实况，并主要通过网上下载来销售。第一张唱片还是选择了萨洛宁的强项曲目，包括穆索尔斯基的《荒山之夜》原始版、巴托克《奇异的满大人》及斯特拉文斯基的《春之祭》。这些都是有着传奇的"爆棚"效果的作品，被萨洛宁集中一起，倒是更显得各有地位，各有味道。和声与力量方面的收放自如，也许是今后体会萨洛宁音乐风格的一个重要的着眼点吧？

雅科布斯的古乐世界

　　雅科布斯属于哪一种艺术风格,需要结合他所指挥的古乐团特性具体分析,也就是说他会把每个乐团的优势和声音特点发挥得淋漓尽致。

去年到今年，古典乐坛的第一红人是谁？不是西蒙·拉特尔，不是海伦·格丽茂，不是尼格尔·肯尼迪和朱莉娅·菲舍尔，也不是安娜·奈特莱布柯和罗兰·比亚宗，当然更不可能是郎朗。虽然他们的音乐会门票十分抢手，唱片销售也持续一年占据着排行榜的前几位，但是，他们所达成的一切更多靠的是市场轰动效应，娱乐的成分要多于艺术的成分，尽管他们当中大多数人确实创造了艺术上极高的成就。

从音乐表演和唱片工业发展的历史方面看，一张唱片或一个艺术家，能够获得历史悠久的英国《留声机》大奖和美国的格拉美大奖是足可证明一个高度的。这两项评奖再加上去年刚刚创立的法国戛纳MIDEM古典音乐大奖，可以并称当前国际古典音乐三大奖项，就算其中各有侧重或偏颇，但如果被三项大奖一致推选，问题就非常严重了。偏偏就在它们第一次同时出现的2004—2005年度，就创下一个前所未有的奇迹，奇迹的制造者当然不是三项大奖的评审委员会，而是被他们共同推举的一位大师及他主持录下的一个专辑。

这位大师的名字叫雷尼·雅科布斯，生于1946年的比利时人，曾经是大键琴家莱翁哈特和巴洛克小提琴家西吉斯瓦尔德·库伊肯的学生，早年在他们领导的古乐团里担任男高音歌手，后来自己创办了一个包括乐队和歌队的古乐团——Collegium Vocale。他指挥弗莱堡巴洛克乐团在科隆录制的莫扎特歌剧《费加罗的婚礼》录于2003年，2004年由法国的HARMONIA MUNDI唱片公司发行，顿时令专业评论界为之震惊，无不给予最高评价。就在广大唱片消费者还没有反应过来的时候，它就先在当年9月底的《留声机》大奖中连获"年度大奖"、"歌剧大奖"和"录音工程奖",当然最具分量的还是雅科布斯因此夺得"年度艺术家大奖"。接着在年底格莱美评奖中又获得古典音乐类的"最佳歌剧奖"。去年1月底,在法国戛纳举行的世界音乐博览会(MIDEM)上,由全球四十余家古典音乐杂志主编参与投票,雅科布斯和《费加罗的婚礼》又卷走最重要的"年度艺术家"、"最佳歌剧"和"最佳录音"三项大奖。特别值得提出的是,在别的奖项上,MIDEM都保持了自己有别于另外两个大奖的独立见解,而偏偏在雅科布斯和《费加罗的婚礼》上,MIDEM的评委们根本无法抗拒雅科布斯的魔力,做出了和《留声机》大奖完全相同的选择。

我当然不能免俗,这样一个被权威们众口一词赞美的唱片专辑岂能不找来听上一听?我在2005年的HM唱片目录上找到它的编号,同时也不忘将刚刚上市的海顿清唱剧《四季》和亨德尔的《雷纳尔多》也一并写入订单。这还不算,我甚至将雅科布斯早期的几个录音比如蒙特威尔第的《奥菲欧》、《尤利西斯回乡》、《波佩阿的加冕》以及亨德尔的《犹大·马加比》也都一古脑儿买了。

二十多年前,当雅科布斯脱离库伊肯开始独立经营自己的古乐事业,蒙特威尔第是他攻克的第一个堡垒,演出和录音的都是经过自己重新编辑修订的乐谱版本,在学术界和演出界获得认可,被誉为最接近作曲家原意的"时代再现演奏"。更有价值的是,他主持的制作在复古的同时,还充满现代主义的特征,前卫的舞台设计在萨尔茨堡夏季艺术节的演出曾经引起强烈反响。

最近几年，雅科布斯先后受邀指挥科隆古乐协奏团和弗莱堡巴洛克乐团，在欧洲许多重要的音乐节上都成为瞩目的焦点。当哈农库特、加迪纳和诺灵顿都混到不断指挥著名的现代大乐团时，雅科布斯已是古乐界公认的第一人。

唱片很快寄来了，我实在享受到了"雅科布斯周"的乐趣。雅科布斯属于哪一种艺术风格，需要结合他所指挥的古乐团特性具体分析，也就是说他会把每个乐团的优势和声音特点发挥得淋漓尽致。我从蒙特威尔第的三部歌剧和亨德尔的两部作品中都听出了不同的古乐风格，莫扎特的《费加罗的婚礼》更是气象大改，我甚至找不出合适的词句来称赞这个录音。将近三个小时的古乐盛宴一气呵成，跌宕起伏，高潮不断，想象力超群；而且乐队素质之高、歌手演唱之精确自然，无不创下古乐演出之最。我抱着挑毛病的心理反复听，结果是深深爱上这个录音，唱片版本众多的《费加罗的婚礼》从未这样迷人！

我也同时爱上了《四季》。弗莱堡巴洛克乐团是我现在最喜欢的古乐团，两年前在萨尔茨堡我为它疯狂过，当时的场面就像是一场摇滚乐的演出，乐手们的动作都大得不得了，前仰后合还跺着脚，出来的声音也确实铿锵有力，动感十足。《四季》正好体现了这种特色，从前我一直认为多拉蒂的版本是录音最"发烧"的，特别是开头几句的弹性和张力，真是百听不厌。雅科布斯的版本不仅绝对"发烧"，而且歌手阵容一流，声音美妙得不可思议！这套唱片不出所料地获得当年《留声机》"最佳声乐专辑奖"，雅科布斯本人也成为"年度艺术家大奖"最有力的竞争者。

今年《留声机》大奖将于两个月后揭晓，雅科布斯指挥的亨德尔的清唱剧《扫罗》在稳获"最佳声乐专辑奖"之前，已经先声夺人地拿下年初"MIDEM"大奖中的"最佳巴洛克作品奖"。这种连续获奖的势头足以证明，雅科布斯是当今古典音乐界当之无愧"第一红人"。

"长笛皇后"苏珊·米兰

  我是很相信缘分的,我与苏珊·米兰的缘分以及我与许靖华先生的缘分没想到会在某一时刻殊途同归,而许先生和苏珊·米兰的缘分只能用"天作之合"来解释了。

陈逸飞的名画《吹长笛的少女》是一种艺术想象，也是一种音乐意境，在任何背景下，女人与长笛，总是代表着浪漫与美好。但是女人横吹长笛，总是流于摆设的多，吹得好的少，虽然音乐学院长笛专业中女生有越来越多的趋势，毕业以后能够进入专业乐团的却很稀少，至于国际一流的乐团里，女长笛手更是凤毛麟角，那么能成为知名独奏家的，据我所知，20世纪的一百年也没能超过两位数。

长笛是我自少年时起就一直情有独钟的乐器，很难想象，在我被热情与感伤笼罩的青春期中，没有长笛的陪伴该是怎样的焦虑与枯燥。我有一位大学同学和我一样迷长笛音乐，他当时的生活费很紧张，却能像做一件大事一样去外文书店买一张德国女长笛手施坦伯格吹奏的轻音乐进口磁带，而我则紧紧盯住法国长笛大师让－皮埃尔·朗帕的所有专辑，大概也买了有五六盘左右。我们为这些贵重的极爱之物在像一块黑砖头的盒式放音机上"开声"就是在做一种仪式，因为这优雅而忧郁的长笛之声正是我们那个岁月的"致幻剂"，同时也是"解毒剂"。

到了收藏唱片的年代，我已和那位"长笛之友"失去联系经年，但是今年我们竟然在北京重逢了。十几年来他对长笛的感情居然仍一如既往，偶尔会买几张碰巧遇到的唱片，但听得最多的居然还是我们曾经一起精心挑选的磁带。他是知道我这几年近况的，所以有点揶揄地问我是不是对长笛已经不屑了。我的回答是非也，我对长笛理解更深刻了，我不再只听朗帕，还有拉里欧、尼科莱、贝尼特，虽然詹姆斯·高威的唱片买得较多，但越听越不喜欢，我现在听得最多的是柏林爱乐乐团长笛首席艾曼纽尔·帕胡德，他不断有新专辑上市，而且曲目不断扩展，总有新意。另外我告诉他，我终于锁定一位女长笛家，作为现实与想象合二为一的偶像加以膜拜，她就是当今世界乐坛"长笛皇后"——苏珊·米兰。

我是从英国CHANDOS的一张莫扎特长笛与竖琴协奏曲和萨利耶里的长笛与双簧管协奏曲唱片中发现苏珊·米兰的，起初听这张唱片是对曲目感兴趣，但米兰的长笛声音一出来就把我迷住了，那种浓淡相宜的包含着大家闺秀的端庄雅致、充满女性化的娇媚婉转在任何男性长笛家那里都根本听不到，这正是我想象中的女性长笛的声音，或者说就是莫扎特时代的声音，是莫扎特与萨利耶里的声音。这两部作品的华彩乐段都是米兰自己写的，一切炫技都隐藏在优雅的趣味和眉目传情的喜悦之中。我马上就有了一听米兰吹奏莫扎特两首协奏曲的愿望，CHANDOS的目录里赫然便有一个，而且是我同样非常喜欢的巴洛克指挥大师雷蒙德·里帕德指挥英国室内乐团为其伴奏。这个组合其实已经足以证明苏珊·米兰的地位，即便如此，当我去查阅《葛罗夫音乐及音乐大辞典》时，还是被米兰辉煌的艺术履历"吓了一跳"。

她在英国皇家音乐学院做学生时即获得令人瞩目的大奖，给她颁奖的既有女王的母亲，也有乐坛长者、超级大师马尔科姆·萨金特，那时米兰还是一位不到二十岁的少女。她在二十岁时以优异成绩毕业，当年即被朴内茅斯交响乐团聘为长笛首席；五年以后，著名的皇家爱乐乐团聘米兰为历史上第一位女首席，而且是如此年轻的女首席。不久，米兰作为独奏家和室内乐演奏家开始活跃于英国乐坛,"美女长笛手"不仅人人争睹,而且著名指挥家和著名乐团也纷纷与其合作,米兰的音乐会曲目几乎涵括所有经典协奏曲和独奏曲,当然还有大量的室内乐。正是因为有如此丰富的演奏经验,米兰夫人还写了一本关于长笛演奏曲目的手册,对于各式各样音乐会的曲目搭配及排练都给出了极富经验又不乏理论建树的指导。米兰还是十几部当代作品的首演者,这些作品大多是作曲家为她而写或题献给她的,其中包括著名指挥大师安塔尔·多拉蒂的《阿西西奏鸣曲》,这很有意思。

1990年,苏珊·米兰被推举为英国长笛协会主席。

米兰的第一张唱片是1979年在英国本土唱片公司ASV录的,第二张唱片是为著名独立厂牌HYPERION录的,后来便长期与CHANDOS合作,出了十几张唱片,曲目涵盖相当广泛,除前面提到的两张协奏曲唱片之外,我认为最有艺术及聆赏价值的当属两张法国作品集,共涉及浪漫主义到现代主义的二十几位作曲家的作品,其中一张还是理查德·希考克斯指挥伦敦城市交响乐团的乐队伴奏版,音乐和演奏都无比优美,无比迷人,绝对是长笛曲库及录音制作中的精品。另外,一张指挥家、作曲家尤金·古森斯爵士的作品专辑也很珍贵,精致的小品以独奏长笛与多种乐器组合演奏,洋溢着乡间田园的泥土芬芳,弥漫着下午茶的慵懒与微醺,充满爱德华时代的闲适与怀旧情调。

说一说最令我感动的舒伯特的《引子与"枯萎的花朵"主题变奏曲》,听米兰吹奏这部作品的唱片每次都需要一些勇气,她的气息转换,她的情感变化,她呜咽般的如泣如诉,她如讲述童话故事般的娓娓动听，这一切都构成伤感的缘由，听那灰蒙蒙的喑哑的声音，多么使人惆怅，多么使人绝望。舒伯特天生一个忧伤种子，他为什么要从《美丽的磨坊女》中选出这一首来为长笛写一个变奏曲呢？苏珊·米兰为什么把这首曲子演绎得这么深刻，这么真切？其实苏珊·米兰从不曾滥情，她甚至没有一点矫揉造作，没有一点激动或夸张，她是真正具有皇家气派的高贵的长笛手，她吹奏长笛不是在表演，而是在替作曲家代言，同时抒发自己对长笛的永恒的热忱。因为我对长笛有特殊的感情，所以我通过听米兰的录音能够深切感受到她对长笛的爱与我并无两样，而以我的辨别能力，感到她与许多名声很响的长笛家吹出的声音大不一样，她在同等级别的优雅与细腻之外，还多了最可贵的质朴与真情。

　　米兰还为 UPBEAT 和 MASTER CLASSICS 两个牌子录过唱片，曲目仍以法国作品为主，有圣-桑的《浪漫曲》、德彪西的《塞壬》、莉莉·布朗热的《夜曲》、伊伯尔的《游戏》、迪蒂耶的《奏鸣曲》，也有她所偏爱的普朗克与费尔德的《奏鸣曲》，后者正是她完成的"世界首演"。米兰演奏的法国作品音色温暖柔媚，表情典雅平易，在情绪表现上既有迷离朦胧的一面，又在轻盈与婉转方面显示了娴熟的技巧，总是毫无滞涩地一气呵成。她的长期钢琴伴奏伊恩·布朗是一位极其优秀的伴奏家，曾经与谢林、罗斯特洛波维奇、里奇、高威、索德斯特洛姆、洛特等著名音乐家合作。他为米兰伴奏不仅距离感保持得当，而且在音色及力度表现上与长笛声部非常协调，特别是在演奏法国现当代音乐方面，二人的搭档堪称珠联璧合。

我是很相信缘分的，我与苏珊·米兰的缘分以及我与许靖华先生的缘分没想到会在某一时刻殊途同归，而许先生和苏珊·米兰的缘分只能用"天作之合"来解释了。

我与许先生相识是因为莫扎特。今年是"莫扎特年"，科学家身份的许先生用英文写了一本关于莫扎特生命最后几年"爱与死"的轰轰烈烈的事迹，以建立于大量有力证据与推理基础上的大胆猜想（不如说是天才想象），解开了扑朔迷离两百余年的莫扎特死亡之谜。他的推论严密得几乎没有漏洞，而且无论从哪个方向问诘，都可以自圆其说。许先生向我一遍遍讲述这个故事，他最愿意使用的方法就是从莫扎特晚期创作的音乐入手，以音乐的内容来推导出创作的背景，与学院派音乐学者完全背道而行。我知道许先生的夫人是音乐家，不知为何竟一直有是歌唱家的印象。直到有一天，许先生打算将他的书在今年12月5日莫扎特逝世纪念日推出中文版，并且再做一台莫扎特主题音乐会。他说他的夫人非常支持他，在写作过程中与他的相互探讨使她受益良多。更重要的是，他们的爱情也是轰轰烈烈的，甚至和他想象中的莫扎特有些相像，他是感同身受啊！所以他能在推论的道路上编织出那么悱恻动人、那么伟大崇高的爱情故事。

接下来发生的事情简直让我震惊，许先生说他夫人是一位非常著名的长笛家，然后他在纸上写下她的名字——Susan Milan！

这一切都是真的，12月5日，我们不仅能够看到《莫扎特的爱与死》中文版，而且还可以在中山音乐堂现场听到苏珊·

米兰的独奏与室内乐音乐会，曲目包括莫扎特的两首长笛四重奏和一首柔板，还有贝多芬的《小夜曲》和舒伯特的作品。

　　许先生给我看了英国的一本管乐杂志《PIPE》，上面有查尔斯王子向米兰授予"英国皇家音乐院院士"证书的照片。

穆特的"现在时"

  这种不使用"时代乐器"的"时代风格"被穆特称为"莫扎特一定喜欢的那种",她假设莫扎特如果活着是不会固守不用"揉弦"的单薄贫瘠、缺乏光泽的声音的,现代的大型演出厅堂也不利于这种声音。

安妮·索菲-穆特在不到十年的时间里已经是第三次来中国开音乐会了，如果我们的欣赏状态还停留在对前两次演出的津津乐道，那我们所在盼望的穆特就不是一个真实的穆特，或者说不是一个代表当下水平的穆特。欣赏穆特的演奏需要一种即时性的心理预期，因为穆特是一直在变的，她的每一张唱片甚至每一场音乐会都在表现不同的东西，而且差异性越来越明显。你只有见识了当下的穆特，才有可能认识到穆特的真面目。当穆特在"莫扎特年"大谈特谈关于莫扎特的"时代感"和"现代性"时，我们也应该对穆特的"现在时"有所领悟或者接受。

　　没有人怀疑现在的穆特正处于她艺术生涯中的最佳状态，但是她日后所能达到的境界也许更出乎我们的意料。她就像变色龙一样总是随心所欲地变幻着音乐的理解与诠释，不仅是音乐作品的不同流派及风格引导她这样去做，即使针对同一曲目，比如维瓦尔第的《四季》、贝多芬、勃拉姆斯和柴科夫斯基的D大调以及莫扎特协奏曲等，穆特都呈现出非常强烈的更新与超越的意图。

　　我在2002年现场听过她与维也纳爱乐乐团合作的莫扎特协奏曲全集音乐会，中提琴也是尤里·巴什麦。这两场由穆特亲自担任指挥的莫扎特已经完全不同于早年她与卡拉扬、穆蒂及马里纳合作的录音，是一种指向极其理性而明确的"时代风格"。这种不使用"时代乐器"的"时代风格"被穆特称为"莫扎特一定喜欢的那种"，她假设莫扎特如果活着是不会固守不用"揉弦"的单薄贫瘠、缺乏光泽的声音的，现代的大型演出厅堂也不利于这种声音。所以她坚持不使用装羊肠弦的"古乐器"，而且在乐队编制上稍微加了点量。在穆特看来，最重要的"时代风格"的因素构成是音量、速度、音色及力度等属于表现力的范畴，在演出过程中，穆特把自己想象成站在莫扎特的同一位置，既演奏又指挥，"这就是莫扎特所要求的声音"。

时隔三年，穆特与伦敦爱乐乐团合作录制了莫扎特协奏曲全集的唱片，彻底颠覆了我在萨尔茨堡所听到的音乐会的印象。其演奏风格及整体声音变化之大简直令人震惊。独奏小提琴作为一个最突出的声部，在厚重而亮丽的弦乐群衬托下，毫无羁绊地翻着"自由的筋斗"，其技巧之华丽圆熟，其音色之流光溢彩，其音乐构成之潇洒写意，无不显示出超越前人的趋势。穆特控制了整个局面，以她的考究与精致，以她的充满现代感的夸张，以她的变化丰富的力度对比，将莫扎特协奏曲的诠释推向一个崭新的境界。

演奏系列的莫扎特奏鸣曲对穆特是一个新的挑战，小提琴在其中的表现与协奏曲处于相反的路向，它少有穆特引以为傲的炫技，亦不富于色彩意象的繁复转换。但是正像伟大的钢琴家施纳贝尔对莫扎特钢琴奏鸣曲的评说一样，莫扎特的小提琴奏鸣曲也是"对于儿童来说太容易，而对于成人又太难"。在我的理解中，莫扎特的小提琴奏鸣曲在音乐境界上要超过贝多芬，它没有戏剧性冲突，没有角色的形象，没有故事，也没有场景。它属于内在的独白，心灵的歌唱，主体与客体的关系，人与自然的交流。它是一个生长的过程，一种生生不息的流动，就像宇宙的呼吸一样。为了在"莫扎特年"演奏系列的奏鸣曲，穆特与钢琴伴奏兰伯特·奥吉斯做了几年的准备，他们仔细研究乐谱，寻求接近于莫扎特时代的最佳演奏方式，并在已经开始的巡演过程中不断改进与创新。虽然莫扎特为钢琴写了分量甚至超过小提琴声部的伴奏，但奥吉斯为了突出穆特的琴声，几乎放弃了踏板的使用。当穆特以"现代性"的姿态对莫扎特的质朴与知足进行深度解读之际，表现"时代感"的重任就落到穆特最信赖的钢琴伴奏的肩上。这是一个一直探索下去的过程，我们在中国听到的肯定不同于在2月即已完成的录音，也不会与此前在欧洲的音乐会完全一致。我甚至以为在北京和上海的两场音乐会上，穆特的"当下性"也会有充分体现。如何抓住穆特的"现在时"，也许就是我们亟盼这场音乐会早日到来的第一驱动力吧。

穆特的"莫扎特计划"

　　穆特的录音从聆听及回味的意义来说,都属于上乘之作,而且随着年代的由远及近,演奏和制作水准越来越高。就"莫扎特计划"而言,几乎都达到个性张扬、说服力十足甚至超越前人的高境界。

年逾不惑的安妮－索菲·穆特在她声名如日中天之时再次来中国演出，将中国的五大都市纳入她的"莫扎特年"全球巡演计划当中，这是中国古典音乐演出史上的一项新纪录。纪录的具体内容可以有多种延伸，如何理解亦有多种可能。反正穆特总是可以创造纪录的，从她三十余年前在乐坛出道，一直到今天被尊为"女神"，就是一个创造一系列纪录的过程。不过在我看来，这些"纪录"其实应当改称"奇迹"更为确切，因为它们都不能够被模仿，被复制，也就不存在被超越的可能。

穆特是与指挥大师卡拉扬合作的第一位女小提琴家，是年龄最小的演奏家，也是最受大师宠爱的艺术家。她录的唱片从未有任何一款在唱片公司的目录上被删除过，它们几乎也没有被做成廉价版，似乎这一点只有钢琴怪杰波戈莱利希才能与其相比。穆特是DG唱片公司第一位录制贝多芬小提琴奏鸣曲全集的女小提琴家，今年又成为第一位录制莫扎特小提琴奏鸣曲全集的女小提琴家。穆特还有可能创造另一个"纪录"，就是在一家唱片公司时隔二十余年将重要曲目再录一遍，目前已经完成的有贝多芬、勃拉姆斯、柴科夫斯基的协奏曲以及维瓦尔第的《四季》。

穆特的"纪录"也好，"奇迹"也罢，都会一直地持续下去，而且有些方面还可能涉及八卦成分，不好一一列举或预测。其实我更为看重的是在这些所谓的"纪录"或"奇迹"背后有关穆特的人生准则及价值观的问题。作为一个人，她坚守自己的道德原则，无条件地捍卫自己的尊严；作为一位艺术家，她在保守与激进之间取得恰当的平衡，在传统与时尚之间找到自己的准确位置；作为一位小提琴家，她的技艺越来越炉火纯青，在此基础上的艺术表现力也不断突破既有阶段，呈不断上升的势头，似乎她的巅峰状态永远不会结束。

今年距穆特在瑞士琉森的音乐会首演正好三十年，三十年以莫扎特始，亦由莫扎特结，恐怕有命运的因素在里面。卡拉扬正是听了十四岁的穆特莫扎特协奏曲的试奏，才向她发出来萨尔茨堡的邀请的。在卡拉扬的提携和庇护下，穆特的小提琴演奏生涯与德奥作曲家的大型协奏曲密切相关，并在比较晚的时候轮到了柴科夫斯基。

卡拉扬的去世让穆特有了大厦倾塌的感受，但是她也从此摆脱羁绊束缚，将演奏曲目进行无限的扩展。她先后演奏并录制了贝尔格、斯特拉文斯基、巴托克、卢托斯拉夫斯基、潘德雷茨基、里姆、末莱特、蒂迪耶、普莱文等人的作品，成为演奏大师当中少有的现代音乐的权威解释者。目前，仍有许多作曲家在为穆特谱写协奏曲，其中包括当今最负盛名的作曲家皮埃尔·布莱兹和索菲亚·古柏杜丽娜等。

但是，穆特在莫扎特诞辰二进五十年的2006年又重新回到了莫扎特。她的"莫扎特计划"（The Mozart Project）当中包括五首小提琴协奏曲和小提琴与中提琴的交响协奏曲，十六首小提琴奏鸣曲，三首钢琴、小提琴与大提琴的三重奏。这已经是一位小提琴家为莫扎特所能做的全部了，正像她在十年前为纪念贝多芬去世一百七十周年所做的：一首D大调协奏曲加十首奏鸣曲。

穆特的"计划"往往并不仅是一个录音制作计划，她要在全球范围内进行这些已经做成唱片的曲目的巡演。说她是把纪念的庆典带到越来越多的地方也好，说她是听从经纪人安排将越来越多的出场费装进腰包也好，说她为唱片公司推销产品以提取越来越多的分成也好，总之是有越来越多的人在"贝多芬年"或"莫扎特年"里有机会享受到来自穆特的"真正的奉献"。

　　穆特的现场音乐会具有唱片的不可替代性，这是有幸听过穆特现场演奏的人的共识。就我所听过的穆特莫扎特五首协奏曲和五首奏鸣曲音乐会而言，我惊异于她的变色龙般的莫测，她在解读作品时所展现出来的丰富想象及多彩的手段。她的力量运用尤其具有无限的可能性，从而导致她的音色表现如万花筒般绚丽多姿。听穆特的唱片是一种很快意淋漓的回肠荡气，而听她的现场演奏则会非常容易地陷入醺醺然的迷醉之中。正像伟大的指挥家切利比达克一样，穆特也总是在强调现场演奏的唯一性，而录音正是对这种唯一性的记录，当然，如果能是一次完美的纪录就更珍贵了。所以，与切利比达克大不同的是，穆特热衷于录音，就像她的恩师卡拉扬那样。

　　穆特的录音从聆听及回味的意义来说，都属于上乘之作，而且随着年代的由远及近，演奏和制作水准越来越高。就"莫扎特计划"而言，几乎都达到个性张扬、说服力十足甚至超越前人的高境界。以五首小提琴协奏曲和交响协奏曲为例，穆特在句法与色彩方面做到极端的精致和考究，而在旋律与节奏方面又倾注充沛的激情和无尽的能量。欧美乐评界往往能够接受穆特以这种方式在音乐会上的表现，却在唱片中感受到一些夸张与矫饰。我恰恰是喜欢唱片中的这种"夸张与矫饰"，这是在莫扎特世界里实现自由的必然结果，是穆特为自己争来的资格和权利。对于使用现代乐器及乐队编制的浪漫主义风格的莫扎特诠释来说,穆特创造了一个崭新的高度,她在莫扎特年里令莫扎特疯狂,一种从结构到细节都受到空前重视的疯狂,这疯狂没有掩盖任何精心的布局和心意独到的精雕细琢,这是穆特令人格外钦佩之处,也是她终于修成正果的必然结局。对于不能聆听现场音乐会的人来说,这次记录不仅精彩,而且耐听。而对于即使听过现场的人来说,与穆特合作的维也纳爱乐乐团或者萨尔茨堡室内乐团似乎都不及她在录音中合作的伦敦爱乐乐团那样与她心意相通,水乳交融,穆特确实在此获得真正的音乐的快乐。

穆特在今年 2 月录于慕尼黑爱乐大厅的十六首小提琴奏鸣曲注定要作为该曲目的不朽版本流传下去。虽然其中的五首与我在北京听到的音乐会上的演奏存在极大差异,但我要说的是,两者都具有不可替代性。对于一个专注的聆听者来说,唱片上的穆特更典雅,更静穆,她的琴声纤细中透着绵绵不绝的动力,纯净中蕴含着动人的真挚。穆特曾经视前辈大师格鲁米欧演奏的莫扎特为不可逾越的高峰,但是我在穆特的录音里欣喜地听到了格鲁米欧一般的高贵与质朴。她甚至能够表现出格鲁米欧所缺少的广阔背景,她演奏的作品 306 和作品 454 不仅充满戏剧性铺陈,而且具有苍茫的史诗感。在我所推崇的德国小提琴学派的演奏版本中,穆特是继沃尔夫冈·施奈德汉的版本之后我所听到的最好版本,从演奏及录音的精美程度上都超过施奈德汉,这注定是一个我会永远听下去的录音。

穆特与夫君安德烈·普莱文及青年大提琴家丹尼尔·穆勒-

朔特合作的三首钢琴三重奏取自2005年5月在巴登-巴登的一次现场实况。在这场演出中，普莱文是当之无愧的主角，他的音乐造诣及钢琴技艺主导了音乐的走向与气氛。穆特有意淡化自己的表现力，相对于普莱文的悠然自得和穆勒-朔特的热情洋溢，穆特刻意做出循规蹈矩甚至兢兢业业的姿态，这是一首首散发着甜美亲和力的田园牧歌，是欣悦知足状态下的莫扎特，穆特在此遁形，却留下一个磨灭不去的标记。

对于唱片的聆听者来说，穆特的"莫扎特计划"到此为止了，对于音乐会的观（听）众来说，"计划"仍在继续。穆特的黄金搭档钢琴家兰伯特·奥吉斯不会变，他是当今最伟大的小提琴奏鸣曲伴奏家，不论是音乐会现场还是唱片录音，他的状态都好到惊人。与穆特合作演出协奏曲的乐队会一直变，莫扎特故乡萨尔茨堡有两个乐团供她驱策，而她所到之处的著名乐团都会给她面子，她当然也不会嫌弃包括中国交响乐团和广州交响乐团在内的次等乐团。穆特还想做什么？她一直有尝试和"古乐团"合作的愿望，问题是当她置身于使用"时代乐器"的古乐团之中时，她会使用一把她一直在拒绝的巴洛克小提琴吗？

安妮－索菲·穆特"新声"

对于这位当今乐坛要风得风要雨得雨的首屈一指的女性小提琴家来说,已经没有什么可以约束她和她的音乐了。年逾四旬的穆特可谓阅尽人间风雨,艺术上的造诣更是炉火纯青,达到非常高的境界。

穆特与普莱文新婚之后,已录过三张唱片,前两张主打曲目都是作为作曲家的普莱文写给新婚妻子的,再加上由他本人钢琴伴奏或指挥,应该说是很有卖点的,可惜反响平平,无论从乐曲本身还是演奏方面都流于平庸甚至造作。好在这种新鲜劲儿已经过去了,作为指挥家的普莱文还是在指挥台上与穆特更能找到感觉,将近一年的欧洲巡回演出,演奏的当然都是经典作品,这张唱片上的柴科夫斯基的D大调协奏曲就是其中的一场音乐会实况录音。

对比穆特从前与卡拉扬、马舒尔等人合作的录音,可以明显感觉到如今的穆特已经甩开一切羁绊,以最自由的意志随心所欲塑造她心目中的音乐。对于这位当今乐坛要风得风要雨得雨的首屈一指的女性小提琴家来说,已经没有什么可以约束她和她的音乐了。年逾四旬的穆特可谓阅尽人间风雨,艺术上的造诣更是炉火纯青,达到非常高的境界。虽然她在与卡拉扬合作的十年中几乎录遍了小提琴协奏曲的经典作品,但是从她近年与马舒尔合作的贝多芬和勃拉姆斯的D大调协奏曲录音可以看出,穆特对音乐的理解日新月异,她无疑是一个能够不断超越自己的人。在这个最新的柴科夫斯基D大调协奏曲行将发行之际,穆特谈起当年她与卡拉扬的合作,那次也是维也纳爱乐乐团,她至今认为,这个老录音在今天看来都是她最好的协奏曲录音,那时正值穆特风华正茂的成熟年代,而卡拉扬已步入晚年,在艺术上追求唯美与深度,与以前相比也发生了巨大的变化。

普莱文在维也纳爱乐乐团享有很高威信,这使得他能够通过自己的意愿重新塑造维也纳爱乐之声,后者也只在与普莱文的合作中才会游戏般地奏出阵阵新意，全当娱乐一回。这个柴科夫斯基D大调从第一声出来就意味着它将不是一个庄重严肃的演奏，普莱文倚老卖老，故弄玄虚，在节奏控制方面非常自由主义，虽然也有不少独到之处，却并非经得起推敲。维也纳爱乐的乐手在兴奋中保持最佳状态，将乐曲演奏得生龙活虎，许多地方达到白热化程度。在这些老男人的激发与烘托下，穆特也算卖尽力气，情感的热度不断升温，声音的厚度浓度险些化不开。说是激情也好，悲伤也好，深沉也好，总而言之都有些过火，情感泛滥却又苍白空虚。幸亏这只是一个现场演奏，如果是录音室录音，这种对音乐的肤浅解读是绝不被允许的。

但是，与伦敦交响乐团合作的科恩古尔德D大调协奏曲却是在伦敦阿贝路录音室的专门录音，足见穆特与普莱文的面子实在很大，唱片公司为这个曲目的录音可以说不惜血本。

几年前，DG曾经发行过沙汉姆演奏的同一曲目，也是普莱文指挥伦敦交响乐团协奏。这次为DG重录该曲，据说是穆特和普莱文共同的建议。在排练过程中，穆特对这首协奏曲的喜爱和理解与日俱增，在她的心目中，这首协奏曲已经是最伟大的经典之一。这次重要的发现导致她在演奏它的时候倾尽全力，无论是技巧展示还是情感诉求都达到前所未有的境界，可以说把小提琴表现的美感发展到极至。我甚至认为，这有可能是穆特到目前所录制的最好的协奏曲，它是那么完美无缺，一气呵成，虽然感情浓度仍然很重，但前后气息一贯，做到了平衡有度，结构完整。这两种特性的结合，恰到好处地阐释了作品所兼有的德国精神和美国观念，既有广阔壮丽的背景勾画，又有深入微妙的细节描绘。

穆特曾经是伟大的海菲茨的追随者，当她早年第一次听海菲茨1953年演奏科恩古尔德协奏曲的录音时，就爱上这部作品，但是在那个年代，以卡拉扬为代表的德奥系指挥大师不可能青睐这部所谓的"美国现代作品"，穆特甚至根本没有机会演奏它，自然也不会有录音的可能了。好像一切都是命中注定，穆特后来嫁给了美国人普莱文，而普莱文声称他的母语是德语，这样他的身份便有点科恩古尔德的意思，正好他也十分钟爱科恩古尔德的音乐，特别是这首小提琴协奏曲。不过他大概并没有想到有朝一日他会迎娶小提琴家穆特，便提前与沙汉姆合作录制了该曲。即便如此，普莱文仍感到意犹未尽，这便是两人婚后的第一次录音室协奏曲录音选定此曲的真正原因吧。通过聆听这个录音，我们有理由相信，穆特与普莱文的婚姻有着多么坚实的基础，他们的确血脉相通，地缘接近，心意相投，趣味一致，这就叫天作之合，这一切都通过这首科恩古尔德的 D 大调小提琴协奏曲真实地表现出来。至于为什么还要用柴科夫斯基的小提琴协奏曲来搭配，我想主要理由是因为它也恰好是 D 大调，而且也是作品编号 35 的缘故吧。

补记：2006 年 8 月，穆特公开声明她已经与普莱文离婚，原因不详。

"大提琴圣徒"里恩·哈莱尔

在这样一个艺术日益娱乐化的时代,哈莱尔对勃拉姆斯音乐的描述,无异于一位虔敬而朴素的"圣徒",这是否达到诠释勃拉姆斯的一种理想境界呢?

是男人，就应该听贝多芬和勃拉姆斯的大提琴奏鸣曲。贝多芬代表男人的浪漫青春，勃拉姆斯代表男人成熟的沧桑岁月。对于大提琴家来说，演奏勃拉姆斯的大提琴奏鸣曲，情绪尺度上的把握难度极大，任何炫技或急于表现的演奏风格都会偏离作品的原意，这也正是该作品少有非常优秀的演奏版本的缘故。

一代名匠罗斯特洛波维奇与赛尔金的录音名气自然很大，却由于两位大师彼此之间琴瑟和谐，兴奋度高，表演欲望极强而随时"擦"出火花，故显得声音粗放有余，温文尔雅不足。我最推崇的富尼埃与巴克豪斯的版本具有相当的深度与修养，可惜录音效果又差很多。马友友与埃克斯的版本综合指数较高，达到精致与优美的程度，适合中产阶级的聆听诉求，销量大，评价也高，但无论如何我都不会将它列为该曲目首选。

我一直在期待一个好的录音，它应当有不失真的音响，同时还需深得我心。到目前为止我还没有听到这样的版本。我要说的哈莱尔与阿什肯纳吉的合作版本当然也不能完全遂我心意，但是它确实令我感动，令我思索。在这样一个艺术日益娱乐化的时代，哈莱尔对勃拉姆斯音乐的描述，无异于一位虔敬而朴素的"圣徒"，这是否达到诠释勃拉姆斯的一种理想境界呢？

美国大提琴家里恩·哈莱尔长期被我国爱乐者忽略，即便他曾经几次来北京、上海、广州演出过，也未掀起任何波澜，这大概算是一种令人尴尬的现象吧？须知哈莱尔在美国和欧洲有着范围很广的忠实听众群，他在大提琴演奏、录音和教育方面辉煌了二十余年，已经成为目前健在的屈指可数的最优秀大提琴家之一。

也许因为哈莱尔的出身及音乐经历比较特殊,他本人更愿意演奏室内乐,当然在此方面成就斐然,出了不少录音珍品,这在很大程度上也影响了他的独奏录音唱片的广泛流行,许多爱乐者购买唱片往往奔着另外两位合作者名气而去,比如1980—1990年代的帕尔曼与阿什肯纳吉名望如日中天,许多人便很纳闷,何以与他们合作的大提琴家哈莱尔却名不见经传呢?

其实哈莱尔在欧美音乐圈中的地位一直很高,只是从未做明星式的商业包装。他的成长道路很奇特,父母都是音乐家,在美国颇富人脉。哈莱尔从小随大提琴家列奥纳德·罗斯学习,又因为美国著名合唱大师罗伯特·肖是他的教父,所以得以顺利进入克利夫兰乐团,还被音乐总监乔治·赛尔提拔为首席大提琴。在与赛尔合作的数年中,他受益匪浅:"他使我懂得了在这个世界上进行百科全书式的广泛学习只是一个起点,但却是必要的。即使从最武断的意义上来说,他也是一位最优秀的教育家。他了解过去,了解我们现在所演奏的那些音乐的来源以及其文化基础。与一位理查·施特劳斯的学生一起演奏《堂吉诃德》实在是非凡得令人惊奇。"

也正是在克利夫兰乐团,哈莱尔认识了赛尔的助手、年轻的指挥天才詹姆斯·莱文,他们成为挚友,关系保持至今。哈莱尔称"莱文是我音乐上的良师益友以及引导者和合作者,他有无限的想象力和精力,我们生活在同一时代,然而在思想、工作、经验上,他比我整整前进了一个时代,他扩大了我的音乐视野,并帮助我找到了通往这些境界的道路"。

赛尔去世以后,哈莱尔决定离开乐团,开始独奏家的生涯。

他的演奏最终凭实力赢得乐评教父哈罗尔德·勋伯格的肯定，后者于1975年在《纽约时报》撰文说"这个年轻人具备了一切"。

不过，哈莱尔后来是通过室内乐的演出而非独奏赢得评论界的好评及唱片合同的，他与帕尔曼和阿什肯纳吉的合作被认为是天作之合，他们品味接近，配合默契，惺惺相惜，互相促进，因此诞生一系列质量极佳的唱片。哈莱尔录制勃拉姆斯大提琴奏鸣曲时年仅三十五岁，却已经拉出了勃拉姆斯音乐中特有的克制、内省与沧桑感。他的运弓特别有当年罗斯的神韵，稳健、优雅、大气而富于美感，因此出来的声音清雅高贵、甜而不腻、抒情而不过头，显得很有修养。阿什肯纳吉的伴奏同样谨慎内敛，一丝不苟，表现出非常稳定的结构感。他从未像与马友友合作的钢琴家埃克斯那样总是按捺不住地搏出位，他的声音永远与大提琴保持平衡，虽甘于陪衬地位，却使他的声部显得无比重要。

在这张再版的"小双张"CD中，还收录了门德尔松的大提琴独奏作品，它们的演奏版本比较少，哈莱尔与意大利钢琴家卡尼诺合作的录音长期以正价版发售，可以说是该曲目的唯一选择。哈莱尔在演奏门德尔松时，充分发挥他抒情乐天的秉性，运弓更加开放，揉弦也更自由，从而实现了该作品对歌唱性的要求。卡尼诺长期为小提琴做伴奏，其钢琴声音不仅明亮生动，而且富于民歌气质。在给哈莱尔伴奏时，显然并无拘束，所以即使他的声音有时显得大一些，对于这种以优美旋律取胜的作品来说，也未始不好听。

我们曾经拥有多么伟大的圆号

当圆号越来越成为一场本来期望值很高的音乐会的梦魇时,我不由再次发出慨叹——我们曾经拥有多么伟大的圆号!

2002年9月8日，我在柏林爱乐大厅现场聆听新任音乐总监西蒙·拉特尔的首场音乐会，在演奏马勒第五交响曲第三乐章时，拉特尔根据马勒原谱标示，将首席圆号请到独奏家的位置，那位圆号手年纪不大，却充满自信，不受任何干扰地将大段大段的独奏吹得光华灿烂，诗意盎然。我当时就想，如果中国的乐团以后再演奏马勒第五时，是否也有胆气这样"嗨"一把。

转眼近十年过去，不仅中国的乐团没有一个敢这样做，亚洲比如日本和韩国的一流乐团也没有这样做的本钱，唯其如此，这几年轮番在国家大剧院音乐厅登场的欧美资深名团也大多在圆号上掉了链子，这使我不得不生出慨叹——难道学院派的圆号技法出了问题？还是伟大的号手从此只能望其项背？

我们时代的伟大号手其实都已经告别了我们！且不说一生被传奇色彩笼罩的丹尼斯·布莱恩，他的早夭一直被看做是莫扎特的命运附体，因为只有他才能把莫扎特最浑然天成的四首圆号协奏曲以最质朴最原典最优雅最完美的状貌和神韵呈现出来。他的恶作剧的乐观天性也酷似莫扎特，曾经听莫扎特母亲家乡圣吉尔根乐器博物馆的老馆长讲过有关布莱恩和号角的故事，他说四十多年前从广播里听他最崇拜的丹尼斯·布莱恩音乐会实况，在最后谢幕加演的时候，还没开始演奏台下已经笑成一片，接着就听布莱恩奏出一段非常优美的音乐，但台下始终笑个不停。观众为什么笑的谜团困扰了他很长时间，几年后他在伦敦见到布莱恩，当面问他那一次在BBC的音乐会为什么让台下发笑，布莱恩于是领他回家给他看了一样东西——一个两米长的橡胶水管一头插着号嘴，一头插个漏斗。布莱恩就是用这件乐器吹了一首圆号曲,而且音色完全对头。

布莱恩没有赶上立体声录音就因莫名其妙遇车祸身亡,在他身后,虽然也有数位称得上大家的圆号手驰骋乐坛,但再也没有人达到他那种如天使般高洁澄净的境界。彼得·达姆、阿兰·西维尔、巴里·图克威尔、赫尔曼·鲍曼、拉多凡·弗拉特科维奇等俱为一代伟大号手,他们所呈现的莫扎特、勃拉姆斯和理查·施特劳斯各具姿态,至臻化境。只是他们大多似乎昙花一现,黄金年华越发短暂。圆号曲目本就有限,录音也并不丰富,能够保持"常青树"状态的是先后在EMI和DECCA都留下录音的澳大利亚圆号家图克维尔。

我已经有了图克维尔两个版本(EMI和DECCA)的莫扎特四首圆号协奏曲,而他演奏的理查·施特劳斯两首圆号协奏曲却是遍寻不得,我喜欢这两首圆号协奏曲胜过喜欢莫扎特的四首,收藏的版本也要多一些。不过在我的意识里,圆号的价值仅在于此,图克维尔的价值也只能止于此了,当然他与帕尔曼和阿什肯纳吉于1968年10月合作的勃拉姆斯圆号、小提琴和钢琴三重奏我是通过别的途径收藏,并早已被我奉为拥有梦幻阵容的经典。

从未注意到今年是图克维尔的八十岁诞辰年,在印象里他应该年龄更大一些,我其实把他视为更老一辈的大师了。图克维尔的老东家DECCA唱片公司在他七十五岁的那一年曾经为他祝寿,出版了一个全面反映他的演奏艺术成就的"双张"(专辑DECCA 475 7463 DF2),曲目十分诱人,对于已经拥有他演奏的莫扎特和勃拉姆斯的爱乐者更是如此。对我来说,除了他与彼得·马格合作的莫扎特降E大调第四协奏曲是重复的以外，整套专辑的其他曲目都是新鲜的，特别是还有弗朗茨·丹吉的降E大调奏鸣曲、圣－桑的圆号与钢琴浪漫曲以及阿伦·霍迪诺特的协奏曲等第一次以CD形式出版，为这套专辑增加了必要的分量。

我的欣喜在于一下子得到了理查·施特劳斯的两首协奏曲，还饶上理查的父亲弗朗茨·施特劳斯的C小调圆号协奏曲，真是"踏破铁鞋无觅处，得来全不费功夫"。这三首协奏曲的指挥是当时正任伦敦交响乐团首席指挥的匈牙利天才斯特凡·克尔特斯，他极度浪漫绚丽的乐队色彩使这三首后浪漫主义时期的协奏曲波涛汹涌，更具可听性，同时录音效果又好得惊人。

对于陌生的约翰·克内西托尔的D大调协奏曲、弗朗茨·丹吉的降E大调奏鸣曲以及霍迪诺特的协奏曲而言，路易吉·凯鲁比尼的圆号与弦乐队练习曲和米歇尔·海顿的C大调协奏曲毕竟还有录音版本可循。我只在这里才第一次听到贝多芬的F大调奏鸣曲和圣－桑的浪漫曲。在这些风格形态各异而令人眼花缭乱的曲目中，可以全面领略图克维尔扎实的技术功底、悠扬圆润的音色、饱满而平稳的气息，在英年早逝的丹尼斯·布莱恩之后，图克维尔在个人修为及曲目涵盖方面当为世间第一。可惜这种富于高贵涵养及内在气质的声音只能在录音里听到了，这大概也是这套诞辰纪念专辑被编辑出版的一个意义所在吧。

当圆号越来越成为一场本来期望值很高的音乐会的梦魇时，我不由再次发出慨叹——我们曾经拥有多么伟大的圆号！

多明戈的瓦格纳情结

　　他是怎样用近乎极限挑战的精神,把特里斯坦表现得如此全情投入、悱恻动人,令人敬仰,令人感同身受。

"世纪歌剧之王"普拉西多·多明戈(请允许我这样尊称他,听了他新近录制的《特里斯坦与伊索尔德》以及《帕西法尔》之后,我更加坚信他是声乐界特别是歌剧界前无古人后无来者的"唯一"歌王)年逾六旬,仍然活跃在世界歌剧舞台,并始终承当最重要的角色。毫无疑问,瓦格纳成为他歌唱生涯晚期的最爱,唐豪瑟和齐格蒙德是他塑造最成功、口碑也最佳的瓦格纳歌剧形象,挑战罗恩格林和帕西法尔的成功更是证明了他完全具备瓦格纳男高音的全部素质。但是,岁月不饶人,在他行将退休之际,齐格弗里德和特里斯坦两大英雄男高音的角色还横亘在他的面前。当他数年前在伦敦的阿贝路录音室完成了特里斯坦与伊索尔德的二重唱(与女高音德博拉·沃伊特)以及《齐格弗里德》和《众神的黄昏》中齐格弗里德的重要唱段录音时,几乎所有关心多明戈演唱瓦格纳的人都认为他对瓦格纳角色的追求已经到此为止,因为在唱齐格弗里德的时候,他已经用到了声音的极限,说句不很礼貌的话,他已经是在声嘶力竭地把充满青春朝气和无畏精神的大英雄唱得比较难听了。至少在我看来,对多明戈的瓦格纳期待便是想方设法看一场他演的齐格蒙德和帕西法尔,这也是他目前在舞台上仅演的两个瓦格纳角色。对他在舞台上将整场《特里斯坦与伊索尔德》演唱下来,我真是连想都不敢想了。

我的愿望很容易就达成了。2004年春天在巴塞罗那里赛乌大剧院,看到下个演出季多明戈将来这里唱《帕西法尔》,而且还汇集了如乌尔玛娜、雷菲克斯、斯科沃霍斯、萨尔米农、提奥·亚当等大牌明星为他配戏,使我深感为这场演出专门来一次巴塞罗那是值得的。

联想起以前在马德里看多明戈唱的《黑桃皇后》，再一次由衷佩服多明戈在舞台上的非凡魅力，那真是他在"三大歌王"演唱会上的状态所不能比拟的。正像他十年前在维也纳国家歌剧院演唱《罗恩格林》时人未现声先闻的那种奇特效果一样，他在《帕西法尔》第一幕甫一现身，嗓子一亮就令全场动容。这一声他一定准备了很久，无论是音色、音量，还是德语的发音吐词，都考究到极点。如果是在看意大利歌剧，此时就应该"掌声雷动"了。但是多明戈毕竟年事已高，对于瓦格纳男高音来说尤其如此。他要保持一个平均的状态，把好的状态分配到长达五个小时的三幕当中。所以他先声夺人之后，便开始控制自己的声音，把第一幕的风头几乎全让给了饰演古尔尼曼茨的萨尔米农和饰演阿姆弗塔斯的斯科沃霍斯。第二幕和第三幕，多明戈连续创造了两个高潮，那是多么庄严和激动人心的时刻啊！他的演唱充满了高贵和人性的气概，响亮而具有穿透力的声音可以用"高亢入云"来形容。我能够察觉到来自观众席那无声的内心沸腾，因为感到大地在发出微微的颤动，我的眼前出现模糊而晕眩的意象。此时我坚信多明戈还可以在创造瓦格纳角色方面往前走一步，毫不怀疑他能在舞台上演唱《特里斯坦与伊索尔德》全剧，因为从这一场成功的《帕西法尔》看来，他成熟老到的舞台经验和那一堪称崇高的精神追求，已足以帮他战胜所有可能出现的困难，一句话，在歌剧舞台上，还有什么多明戈做不到呢？

2005年初，全球的音乐媒体都在发布多明戈将与EMI唱片公司合作，在录音室完成《特里斯坦与伊索尔德》全剧录音的消息。这同时也传达了一个信息,即多明戈不会在舞台上饰演这一最动人的瓦格纳艺术形象了。我不清楚多明戈是否说过这样悲观的话,从逻辑上讲,如果唱片录制成功了,再粉墨登场也不是什么不可逾越的难关。所以,对于多明戈到底还能不能在歌剧舞台饰演全本《特里斯坦与伊索尔德》,我至今仍持保留意见。他有梦想,我也有梦想,对于信念坚定的人来说,梦想总是可以实现的。

多明戈首先在录音室实现了自己的梦想,帮助他实现梦想的是EMI行将退休的王牌制作人彼得·奥尔沃德,他的前任瓦尔特·莱格曾经监督制作了由富特文格勒指挥、弗拉克丝塔和苏特豪斯演唱的千古名版,这已经是EMI半个世纪以前的辉煌了。从奥尔沃德决定与多明戈在录音室合作录制《特里斯坦与伊索尔德》可以看出,他所希冀达到的目标已不仅仅是在帮助多明戈圆梦,这里的"野心"包括做半个世纪以前那个名版的继承者、包括向世界证明他所欣赏的科文特花园皇家歌剧院音乐总监安东尼奥·帕帕诺在诠释瓦格纳全本歌剧方面的真正实力,同时也通过录音向更多的瓦格纳爱好者隆重推出横空出世的女高音妮娜·施蒂梅。

在当今唱片业销售业绩急剧下滑、古典音乐的市场份额大幅度缩减的不利形势下,做这样一个超级阵容的"录音室录音",无疑成本极高,也许会高到令人难以想象的程度。但是,做这件事情本身的意义恐怕也是难以估量的,有人称之为机缘巧合的"录音室歌剧"的"天鹅之歌",因为在此之前许多年都没有这样的耗资了,像DG、DECCA、PHILIPS、WARNER、

BMG、SONY等大唱片公司都早已声明今后的歌剧唱片将全部来自实况录音，也就是说不会再做"录音室录音"，DG更是说未来的歌剧载体只能是DVD而不是CD。在这种形势下，多明戈与EMI即将制作录音室版《特里斯坦与伊索尔德》的消息便立即有了非同一般的轰动效应。根据我的了解，还是担心的人居多，认为不论是多明戈还是奥尔沃德，他们做出这个决定完全是一次输定了的豪赌，因为除了对多明戈缺乏信心以及对帕帕诺抱有成见以外，几乎没有人知道名不见经传的妮娜·施蒂梅会把伊索尔德唱成什么样子。就算我曾在柏林德意志歌剧院看过她饰演的维纳斯声貌俱佳，也难以把她与非凡的伊索尔德划上等号。

随着对录音进程的关注，我的信心和期待也越来越强烈。近乎奢侈的演唱阵容令我吃惊，除了当今最好的戏剧男中音雷尼·佩普演唱马克国王、唱遍各大歌剧院的日本女中音Fujimura演唱布拉甘妮、有"菲舍尔－迪斯考接班人"之称的男中音奥拉夫·巴尔演唱库文纳尔之外，其他小角色如牧羊人和年轻水手居然请来当今风头最劲的两大新锐男高音伊安·波斯特里奇和罗兰·比亚宗客串，这大概只能用多明戈的个人感召力来解释了。

最值得一提的是妮娜·施蒂梅。当年七八月份，录音完成，但唱片还没有上市。拜罗伊特新制作的《特里斯坦与伊索尔德》引起歌剧界极大关注，舆论对担任指挥的日本人大植英次和饰演特里斯坦的男高音迪恩·史密斯无情抨击，嘘声不断，却对演唱伊索尔德的妮娜·施蒂梅给予毫不保留的最高评价，认为她是这个"无《指环》"年度拜罗伊特的"最大发现"、"唯一亮点",甚至称其为继伟大的妮尔森之后拜罗伊特最成功的伊索尔德。虽然我对这种近乎危言耸听的赞誉持保留意见,却使我对多明戈版《特里斯坦与伊索尔德》的期待又增添几分,如果真是有一个好的伊索尔德,这套唱片倒是真的值得拥有啊!

紧接着我在一个月之后通过《留声机》赠送的唱片连续听了两个选段,一个是第一幕二人共饮药酒苏醒之后的两声激情呼唤,然后便被甲板上水手们的欢呼合唱声浪淹没,必须承认,这是一段很吊胃口的"片花",两个人的声音听到了,乐队与合唱队的张力感觉到了,奥拉夫·巴尔那浑厚强劲的歌唱尤其令人神往。第二个"片花"就像耀眼的红日跃出地平线那样光华灿烂,一段完整的"爱情二重唱",多么专注细致,多么夺人魂魄,听这么婉约凄美的"爱的憧憬",我能真切地感觉到心灵被撞击后那欲碎的颤抖。施蒂梅的声音和表情简直完美无瑕!而多明戈从优雅的极具分寸感的控制到如井喷般的激情爆发,一切都是一气呵成的。帕帕诺的乐队推波助澜,音色温暖,激情充沛而有节制,细节刻画极其动人。事实证明,帕帕诺是一位拥有绝对统治力和亲和力的指挥,他使这个素质并非一流的乐队发出了带有"唯美"倾向并符合瓦格纳歌剧要求的绵密清纯音响,这其实是我曾经唯一的担忧,而如今却成为我急欲一听全曲的必要依据。

9月底,我听到EMI唱片公司寄来的样片,三张唱片,我竟在本应繁忙的一天中连听两遍。我觉得有很多话要说,但是怎样说才能将我的真实感受表达清楚呢?首先是多明戈塑造了一个全新的无可替代、"独一无二"的特里斯坦,在谈论多明戈的"特里斯坦"时,我想应该把他的拉丁口音、意大利声音痕迹、所谓瓦格纳男高音的特质等传统观念统统抛开。我们应该谈他对角色的理解,谈他的歌唱性,谈他乐句之间的流畅连接,谈他对嗓音的微妙控制,谈他对发声位置的细致寻找,还有更重要的一点,他是怎样用近乎极限挑战的精神,把特里斯坦表现得如此全情投入、悱恻动人,令人敬仰,令人感同身受。是多明戈第一次将悲情骑士特里斯坦送回了他的故乡,送回法国或者英国的中世纪传奇世界。让特里斯坦离开德国,甚至离开瓦格纳,这是怎样的一次意义深远的解读啊。

其次要说到施蒂梅演唱的伊索尔德,她的声音条件得天独厚,最难得是她具备了演唱伊索尔德的全部要素,精湛的演技,深刻的内涵,几乎不着修饰痕迹的声线,宽广而饱满的音域,这一切一切只能用"奇迹"二字来概括。我尤其不敢相信的是,2003年2月在柏林德意志歌剧院看她唱《唐豪瑟》中的维纳斯时还是身材苗条的美女,我曾评论说她具备好莱坞明星的一切条件,但是无论如何没有想到她在短短的两年里竟会成为当今首屈一指的伊索尔德,也许即将成为首屈一指的瓦格纳女高音,只要她出演《尼伯龙根的指环》中的布伦希尔德。

雷尼·佩普演唱的马克国王实在是太温柔细腻,太富于歌唱性了,意大利歌剧的痕迹很明显,倒是与帕帕诺如丝缎般华美的器乐声音吻合。Fujimura声音轻盈,特别是几声从远处夜空传来的警示缥缈高迈,极有格调。我曾听过她在琉森音乐节阿巴多指挥的音乐会版唱这个角色,明显是这个录音室版给人留下的印象更为深刻。与比亚宗总是做出幕后演唱效果的稍嫌不够明朗的歌声相比,波斯特里奇演唱的牧羊人实在完美精致,他阴柔婉约的声音就像为这个唱段不多却很重要的角色天造地设,无论是谁的动议,波斯特里奇演唱这个角色都是深具创造力和想象力的英明之举。

不想再啰嗦更多了,还是让我们一起来听这套唱片吧,从头听起,听帕帕诺的前奏曲和间奏曲,听多明戈的真情洋溢,听施蒂梅的天才歌声,听一个引人入胜的浪漫故事,听一次光芒耀眼的音响盛宴,听波斯特里奇的牧羊人,直到被毁灭虚空的"爱之死"吞噬。人的一生,通过聆听而经历一次情感的摧残与洗礼,总是应当视为珍贵的。但是否每一个人都能有缘享受到这一切呢?

唯美的叙述者和诗人

　　他就是具有这样统摄一切的魔力,不管你对艺术歌曲的认识有多少,你都能真切感受到他的解读是独一无二的,他既是诗人又是叙述者,有时还会是音乐中的主人公。

2005年秋天我在伦敦伊丽莎白女王音乐厅听完克利斯托夫·冯·杜纳伊指挥爱乐乐团的音乐会之后，顺便就进了泰晤士河南岸一家尚未打烊的唱片店，本来是想浏览以英镑标价的唱片到底贵到什么程度，却被电视上正在播放的年已八旬的男中音歌唱家迪特里希·菲舍尔－迪斯考讲授舒伯特《冬之旅》演唱技巧的大师课迷住了。其实我能够信步走入这家店铺，真有可能是听到了熟悉声音的指引，这个声音在我的耳边或者心里已经回荡近三十年。曾经看过一篇最近的关于菲舍尔－迪斯考的访谈，他说他只是在歌唱舞台上退休了，却还在教授课程，现在男中音的好苗子太多了，但他们在演唱艺术歌曲方面都存在各种问题，他必须帮助他们来解决这些问题，从这方面讲，他只要还能歌唱、还能说话，就永远不会退休。

在唱片店关门前的大约半小时里，我一直都在看电视。菲舍尔－迪斯考讲课时全身投入，丝毫不吝啬情感的真实流露，可谓形神并茂，竭尽所能，有巨大的感染和煽动的力量。与他相比，那位也比较有名的学生便拘谨多了，激情方面也差劲得很，让我看着都着急，恨不得上前推他一把。

菲舍尔－迪斯考当然也要做示范，我还从来没有听他这样歌唱。他确实不能再演唱了，嗓子已经发空、发虚、发干，缺少控制力，声音失去光泽。就像他晚年录的几张唱片，来自评论界的声音总是大相径庭，一种意见是说他已经不是在唱而是在朗诵了；另一种说法则赞誉他到此时才将艺术歌曲最本源的东西表达出来了，以他吐字和分句的考究，韵味大概比歌唱性更重要罢。

2005年是菲舍－迪斯考八十岁诞辰年,许多纪念活动在音乐大都市举行,寿星本人都到场了,一首歌不唱,或指挥乐队、或朗诵诗篇,生日过得很别致。几家曾经有幸获得菲舍－迪斯考授权的唱片公司,纷纷把他们的宝贵资料整理出来进行成套的再版,一下子就在各大唱片店摆下一个阵势,样子还是很壮观的。菲舍－迪斯考曾经演唱过三千多首艺术歌曲,比任何一位歌唱家唱得都多。他共录制六十余部歌剧唱片,经常唱的歌曲大概有一百二十首,光这些就灌制发行了一千多万张唱片。

菲舍－迪斯考的演唱生涯包罗范围之大、持续时间之长、涉及面之广、影响之强烈,用三言两语是无法阐述全面的。欧洲特别是德奥国家有许多人说五十多年来一直没有离开这位歌唱家,他们不但为他个人所显现出来的魅力所折服,而且始终在关注着他,看他如何竭尽全力地去唱一首歌、去表现一首咏叹调、去塑造一个角色。他的歌声伴随他们渡过最困难的时期,在战后饥寒交迫的冬天,菲舍－迪斯考演唱的舒伯特和舒曼以妙曼的温情和细腻入微的关怀,使忍饥挨冻的人们度过一个又一个充满光明与希望的漫漫长夜;当然也有另外一些音乐界人士无法忍受"一下子就听出某人声音"的瞬间不爽,他们甚至将菲舍－迪斯考贬低为"矫揉造作的表演家"。其实如果是听他现场表演,他能迅速令听众着迷,一秒钟也不让他们得到"喘息",他就是具有这样统摄一切的魔力,不管你对艺术歌曲的认识有多少,你都能真切感受到他的解读是独一无二的,他既是诗人又是叙述者,有时还会是音乐中的主人公。

对于做到歌词、正确吐字和旋律之间的平衡,菲舍－迪斯考有一套堪比玄学的观点：实现这种平衡有许多细微的差别，每一首歌都不一样，要根据不同的歌来确定其重点应该在整体的哪一部分。"如果哪怕只做到了接近平衡，也能做到用嗓子发出的音使人看到是事物本身发出的声响，它不一定在曲谱中存在，但却属于整个作品。"菲舍－迪斯考认为，歌曲具有"音乐演说的真理"，对于他，声音应该是一种"用自己的思想创造出来的乐器"。

值得特别指出的是，菲舍－迪斯考非常热衷演唱现代作品，经他的嗓音和方法唱出的现代作品一下子就产生与舒伯特和舒曼的血脉关系。他鼓励当代作曲家——从亨策到雷曼——为他谱写新的歌曲。在菲舍－迪斯考那里，没有什么风格的限制，没有一个领域是这位歌唱家未进行尝试和演出的，无论是一般歌曲还是教会音乐，是乐队歌曲还是康塔塔中的歌曲，是清唱剧还是歌剧。

不少罕见的作品也对歌唱家确定他的演出计划起着作用，比如布索尼、拉威尔、策姆林斯基、哈特曼的作品，但他的演出计划也包括李斯特或门德尔松的曲目。我们还可以列举许多音乐家的名字，菲舍－迪斯考都演唱过他们的作品——珀赛尔、海顿、柏辽兹、德沃夏克、柴科夫斯基、圣－桑、弗雷、斯卡拉蒂、泰勒曼、库普兰、肖松、比才、夏布里埃、皮埃尔、丹第、莱西格、阿波斯泰尔、科莱内克、德绍、豪埃尔、福特纳、布拉切尔、罗伊特、马蒂森、米约、简森、鲁宾斯坦、希勒，还可以列出爱伦堡、施特莱西、拉夫、内夫、克莱采、阿尼姆、胡梅尔、策尔特、普朗克、莱内克、罗森缪勒、哈斯、艾斯勒、肖斯塔科维奇、马修斯等,这是一个无人可及的领域,菲舍尔-迪斯考不仅在音乐会演唱它们,多数还留下了录音。

在一大堆菲舍尔-迪斯考八十诞辰纪念专辑中,DG唱片公司的两个大部头无疑最具分量,也最有收藏价值。二十一张的"舒伯特艺术歌曲"全部是与钢琴家杰拉尔德·穆尔合作的,其中包括《冬之旅》、《美丽的磨坊女》和《天鹅之歌》,另外十八张CD就算是舒伯特歌曲全集了,因为最重要的都收进来了。如果我们要真正意义上的全集,那么英国HYPERION唱片公司出版的三十七张CD的全集才是唯一的,这也是钢琴家及学者格雷厄姆·约翰逊与当今众多歌唱家向舒伯特和菲舍尔-迪斯考的致敬之作。菲舍尔-迪斯考自始至终关注这个项目,虽然没有参加演唱,却做了大量的辅导工作,还在一部分歌曲中担任德文朗诵。DG还有一套九张CD的"历史录音",它们大多数都是第一次以CD的载体出现,对于菲舍尔-迪斯考迷来说尤其珍贵,对比相距四十年的录音,歌唱家的变化其实非常明显,以往我们关心的都是歌唱家成熟时期的作品,这次终于有一个风格发展变化的概观印象了。EMI出版的两张马勒艺术歌曲,当然是歌唱家最成熟时期的记录,钢琴伴奏是巴伦波伊姆,二人的深层交流体现在每一首歌曲当中,很有听头,这也是第一次完整出现的版本。DG还出版了菲舍尔-迪斯考演唱的德国歌唱剧,他的诠释风格有别于赫尔曼·普雷和瓦尔特·贝里,贵族气和学究气都有点重,可能更符合国际化的视角。

写此文的时候,脑海中不由浮现出我与已故考古学家俞伟超的友谊。大学二年级时,经考古专业的朋友介绍认识了超级乐迷俞老师，那时他家里有一台从国外带回的双卡录音机。我们互相转录磁带，可以说每个礼拜都能制造出惊喜。俞老师第一次让我听到了菲舍尔-迪斯考的声音，而我则用托斯卡尼尼和瓦尔特与他交换。我们在爱好音乐方面的密切交往延续了二十余年，在这不算短的时间段里，我们的兴趣始终以马勒、舒伯特、菲舍尔-迪斯考、伯恩斯坦、瓦尔特为中心。无论我们是谁发现了上述音乐家的录音制品，都会想着为对方或代买或转录。记得我从俞老师那里拿到的菲舍尔-迪斯考，除了他和钢琴家布伦德尔合作的两盘舒伯特歌曲集之外，其他都是俞老师为我转录的磁带，上面满是他残缺的手指夹着钢笔艰难为我抄下的唱片说明书文字。这些宝贵的东西我今天仍视为珍藏。有许多许多的夜晚，俞老师痛苦地咳嗽不停，我们的耳边回响着菲舍尔-迪斯考唱的马勒，记忆深刻的是在唱《青年旅人之歌》中"她的两只黑眼睛"时，俞老师泪流满面。虽然俞老师感情丰富，听音乐眼泪总是不由自主地夺眶而出，但每一次都深深地打动我，其中尤以聆听马勒时的痛哭失声最使我终生难忘。

我们都开始添置激光唱片以后，一起听音乐的时间却越来越少了。屈指可数的见面虽然都要互赠一些唱片，但喝过一瓶白酒之后的彻夜聆听好像只发生过一次。俞老师不仅是工作更忙，身体状况也大不如前，我尽可能减少与他喝酒的次数，这其实很让他不爽，但是我们都感到很无奈。即使在日益珍贵的相处时间里，我们的话题还是离不开菲舍尔-迪斯考。记得有一次我买到了菲舍尔-迪斯考唱的尼采歌曲，如获至宝地给俞老师打电话，他在电话里急得有些语无伦次，一个劲儿地催我尽快给他录一盘磁带,并且武断地直说:"一定会好!一定会好!"事实上这张唱片使我们俩都很失望,词曲作者尼采不知在干什么,而菲舍尔-迪斯考偏偏唱得煞有介事,字字推敲。后来我又看到菲舍尔-迪斯考唱的汉斯·普菲茨纳的艺术歌曲集,便也给俞老师买了一张,这次他听过后的评价很高,一再要求能尽可能多找一些普菲茨纳的音乐来听。今天我已经收藏了普菲茨纳的大多数作品,每当夜深人静,聆听普菲茨纳的《德意志之魂》康塔塔,我都会不由自主地想起我亲爱的尊敬的俞老师,不知毕生酷爱音乐的他在九泉之下是否还能听到他喜爱的声音。

歌唱大师的早期录音

如此崇高而圣洁的爱情歌曲给歌唱家表现自己的精湛技艺以及优雅的声音提供了施展的空间,菲舍尔-迪斯考那全神贯注的演唱和发自肺腑的激情,令我深深感动而惊喜莫名。

伟大的迪特里希·菲舍尔-迪斯考还活着,他充满智慧与温情的歌声却成绝响。我原以为他演唱并录音的足有二十一张CD之多的舒伯特的艺术歌曲全集代表着菲舍尔-迪斯考的最高成就,结果在最近聆听一套名为"菲舍尔-迪斯考在DG的早期录音"(DG 477 5270 GOM 9)之后,再一次被他的声音迷倒,就像二十余年前在考古学家俞伟超家里第一次听他的《冬之旅》一样意乱情迷,心潮难平。在同一个人身上,我经历了两次类似"一见钟情"般的惊艳之喜,深深体会到上天眷顾之慰,以及艺术的感人之魅。

这套唱片不仅有菲舍尔-迪斯考演唱的艺术歌曲,还有他刻画的歌剧角色,比如他1951年在威尔第歌剧《法尔斯塔夫》第二幕中扮演福德一角,与约瑟夫·梅特涅用德文演唱的二重唱。之后便是他用德文演绎这部歌剧的主人公——胖骑士法尔斯塔夫的唱段。如此富于戏剧性魅力的歌唱怎么会出自那位以知性与诗情吟咏歌德、席勒、艾申多夫、荷尔德林、缪勒的诗歌的"诗人歌唱家"呢?他在1949年录制的《布兰诗歌》里演唱那位高门大嗓、醉意盎然、放荡不羁的"花和尚",竟然也令我大跌眼镜——这难道是菲舍尔-迪斯考的"曾经沧海"?

我对这套唱片里的歌剧选段几乎充满了惊奇。他在1961年与传奇指挥家费伦克·弗里恰伊指挥的柏林美战区广播交响乐团合作录制的法国和意大利歌剧的咏叹调居然有那么高质量的立体声效果。在歌剧表演方面,弗里恰伊对菲舍尔-迪斯考的早期歌唱生涯影响非常深刻,他们共同成就了莫扎特歌剧《魔笛》和《费加罗的婚礼》的杰出录音版本。这里选入的是绝版近半个世纪的罗西尼《威廉·泰尔》中主人公在箭射苹果前对儿子的述说以及列昂卡瓦罗《丑角》（Pagliacci）中托尼奥的"开场白"，菲舍尔－迪斯考不负众望地表现出一位戏剧男中音堪称完美的意大利语发声理念。古诺的《浮士德》中瓦伦丁的"祈祷"又是最令人赞赏的地道的法语演绎。并不是每个大歌唱家在不同的语言范围内都可以应对自如，他们往往只按照自己的条件来演唱，在自己不熟悉的语言里不会设置过高标准。不过听菲舍尔－迪斯考的演唱，我不会去联想自己喜欢的别的法国或意大利歌唱家，因为我正在听的是一位具有独特个性和艺术风格的歌唱家所诠释的不可复制或替代的角色，他的语言的发音正和这个角色完全融为一体。

菲舍尔－迪斯考与奥地利指挥家卡尔·伯姆合作的用意大利文演唱的亨德尔《朱利奥·恺撒》中的五首咏叹调更是一个"惊艳"！本来这个角色是写给阉人歌手的，目前一般由女中音来演唱，男中音的音域及声音特质根本无法令人信服。但是，菲舍尔－迪斯考硬是把低八度演唱的困难克服了，甚至说化于无形，他以自己的优势找到了解决问题的办法，同时对角色需要的内在情感给予深度刻画，以情服人。

当然，菲舍尔－迪斯考最具天赋的表现还是在他的德奥艺术歌曲，在这套唱片里，毫无疑问最宝贵且最具特色的是他二十四岁时与早年的导师赫尔塔·克鲁斯特录制的胡戈·沃尔夫《意大利歌曲集》中的几首选曲。如此崇高而圣洁的爱情歌曲给歌唱家表现自己的精湛技艺以及优雅的声音提供了施展的空间，菲舍尔－迪斯考那全神贯注的演唱和发自肺腑的激情，令我深深感动而惊喜莫名。我曾经听过菲舍尔-迪斯考演唱这些歌曲的两种录音,却从未发现这些歌曲竟是如此使人心醉神迷,动人心弦!这张唱片上还包括他早期录制的勃拉姆斯《四首严肃歌曲》,虽然呈现的是另外一种精神层面,但菲舍尔-迪斯考朴素而直观的诠释同样直指人心,如阳光照耀,春回大地。

可以和沃尔夫的爱情歌曲置于同等级别的是菲舍尔-迪斯考与德穆斯合作的勃拉姆斯的联篇歌曲《美丽的玛格洛娜》(Die schone Magelone)。比较1970年代他与斯维亚托斯拉夫·里赫特合作的录音,会发现同一个故事的两个不同年代的叙述风格,甚至故事的主人公的风采亦随时代发生了变化。

菲舍尔-迪斯考的早期录音居然包括了歌唱家所处时代的新音乐作品。如亨策的《五首那波里歌曲》、弗特纳为詹姆斯·威尔顿·约翰逊诗歌谱写的声乐套曲《创世记》。曾经听过的是弗朗克·马丁的《每个人的独白六首》和《暴风雨》中的两首歌曲。菲舍尔-迪斯考无疑是一位关注当下的音乐家,他首演过许多当代歌剧及声乐作品,并积极传播。

菲舍尔-迪斯考早年还演唱了许多不太著名的作曲家的作品,比如对法国大歌剧作曲家梅耶贝尔等人艺术歌曲的发现,不过这些歌曲本身听起来还是抒情性和叙事性不够强,即便菲舍尔-迪斯考用心来唱,个人印象还是不深。

正直而朴素的歌者

他是我们时代最好的男中音之一,但又完全超越于我们时代的表演潮流之外,他本性正直朴素,少有表演技巧痕迹,他的歌声发乎内在,以本色唱本色,所以给观众或听众的印象永远健康、美好、光明。

当今活跃在歌剧院和音乐会舞台上的最优秀的全能男中音托马斯·汉普森居然也五十岁了，他在我心目中还一直是健康阳光、和蔼可亲的大块头小伙子形象。2002年和2004年我两次在萨尔茨堡欣赏过他的演出，一次是莫扎特的歌剧《唐·乔瓦尼》，一次是名为"德沃夏克和他的时代"主题音乐会。他给我留下的印象竟然没有一点艺人方面的成分，尽管他的声音条件和舞台扮桓都是第一流的。他的唐·乔瓦尼太正派，太气宇轩昂，虽然也常常做出凶巴巴和流里流气的样子，但到我眼里只能是哑然失笑——即便汉普森的嗓子非常适合唐·乔瓦尼，他也不是这块料，他的气质简直和那位花花公子或色情狂不沾一点边。"德沃夏克和他的时代"音乐会以德沃夏克到美国前后创作的歌曲为主体，还请来女高音芭芭拉·邦妮等歌唱家一起合作。汉普森此举其实醉翁之意不在酒，他所彰显的还是美国音乐，至少是意在强调美国音乐元素在德沃夏克音乐创作中的分量与位置。汉普森在这场音乐会里更像是一位研究者而非表演家，所以这场音乐会到场的如果不是汉普森的"粉丝"，听起来倒是没什么太大的意思。

不过在我听过汉普森演唱马勒艺术歌曲和以上提到的两场演出之后，倒是已经基本我心目中给汉普森在定了位，他似乎是更有资格作为菲舍尔-迪斯考的接班人的，因为他与他的前辈实在有太多的相似之处，比如在演唱德国与意大利歌剧的角色选择及擅长方面，比如在演唱马勒《大地之歌》和《亡儿悼歌》、《吕克特的五首歌》的风格方面。但是，就算我从前曾经听过他在EMI录制的《浪漫主义艺术歌曲集》和《斯蒂芬·福斯特的歌曲》，我对他的印象也不如我在听到为纪念他五十岁生日而出版的这套系列专辑来得强烈而彻底。从目前已经发行的六张唱片来看，虽然还未涉及他为人称道的主要成就，但他扎实的艺术功架和状态稳定的歌唱以及丰富多样的表现力，实在是令人刮目相看，越听越爱，只有到这个时候，他在我心目中的形象才是完整的，甚至有可能是完美的。

对于已经迷上汉普森的人来说，这六张唱片是必不可少的补充，如果以这六张唱片为汉普森"进阶"的话，那么他的《冬之旅》，他的《卡门》、《维特》、《哈姆雷特》和《唐·卡洛斯》，甚至他的《罗恩格林》和《唐豪瑟》等都有按计划收藏的必要。他是我们时代最好的男中音之一，但又完全超越于我们时代的表演潮流之外，他本性正直朴素，少有表演技巧痕迹，他的歌声发乎内在，以本色唱本色，所以给观众或听众的印象永远健康、美好、光明。他演了十几年无数场次的唐·乔瓦尼，但是他的气质与这个角色风马牛不相及；他也是最好的麦克白之一，但是他的麦克白是回到莎士比亚的悲剧本原的，与其说是威尔第的，不如说是莎士比亚的。

文雅的威尔第男中音

汉普森的男中音有一种天然的温暖音色，既不浑厚也不洪亮，还缺少通常男中音必不可少的刚性，所以即便他演唱的歌剧角色很多，但音域偏于低男中音的角色并不适合他。比如他在《威尔第歌剧咏叹调》唱片中演唱的麦克白就显得单薄斯文，缺少戏剧力量，如果从刻画角色内心角度考虑，汉普森的演唱甚至会改变我们以往对角色的印象，这未免不是一次有益的聆听尝试。在这张咏叹调集里，汉普森的演唱可以说是精雕细刻，发声和吐字极其考究，他的气息和声点的连接都达到很高的要求，特别是他将咏叹调当做艺术歌曲来唱，其中所包含的人文意蕴在全剧录音里是很难听到的。理查德·阿姆斯特朗指挥的启蒙时代乐团虽然改用了现代乐器，但古乐演奏方法形成的精致细腻的风格没有改变，他们的声音与汉普森清雅而骨感的声音真是相得益彰，堪称绝配。这样的威尔第实在难得，而且所选曲目大多为作曲家早中期作品，抒情性和歌唱性都没有受到破坏与干扰。我感到遗憾的是为何没有选入汉普森最为擅长的《唐·卡洛斯》中波萨的唱段，正像菲舍尔－迪斯考是这个角色最出色的演唱者一样，汉普森毫无疑问已经成为新时代波萨的最佳演绎者。

天生的歌手

汉普森出身于一个清教徒家庭，母亲以演奏钢琴为业，音乐是这个家庭生活的主要内容，汉普森所在的教会学校非常注重歌唱，可以说汉普森是在歌声中长大的。这样的出身与童年，大概可以解释我所理解的汉普森的歌唱何以没有演艺的味道，因为歌唱不仅是他与生俱来的东西，而且歌唱的目的也是明确的，其中根本不含表演的成分。

但是汉普森的歌唱才能被美国声乐教母洛特·蕾曼的学生玛丽埃特·科尔修女发现了，她独特的教学方法为汉普森打下一个很不平凡的基础，接着汉普森又幸运地遇到了伊丽莎白·施瓦茨科普夫，后者把他带入德国的歌剧院。再以后，他又得到哈农库特与伯恩斯坦的赏识，特别是伯恩斯坦，被汉普森尊为精神导师，正是他把汉普森带入马勒的精神世界。

汉普森天生的歌唱性很好地体现在轻歌剧角色上，他的喜剧性既自然又高贵，绝无低俗成分。这张《轻歌剧咏叹调》的录制源于他与年轻的指挥家弗朗茨·威尔瑟-莫斯特在格莱德布恩音乐节合作演出的雷哈尔《风流寡妇》大获成功，但是在已经有了全剧的现场实况录音之后，这部专辑便一首都没有收入，这也免得购买唱片的人患得患失了。

除了《风流寡妇》，这个专辑可以说把轻歌剧中属于男中音的最脍炙人口的唱段都收进来了。雷哈尔的《微笑大地》、《帕格尼尼》和《沙皇太子》，约翰·施特劳斯的《威尼斯之夜》、《吉普赛男爵》，埃梅里希·卡尔曼的《玛丽查伯爵夫人》、《查尔达什公主》，米勒凯的《乞丐学生》，卡尔·策勒的《矿工头》，当然也少不了罗伯特·施托兹的几首名曲，甚至还有20世纪初最伟大的轻歌剧男高音理查德·陶伯的作品。汉普森轻盈温和的声音对于演唱维也纳轻歌剧真是再恰当不过了，难得他的德语吐字那么清晰松弛，与流畅的曲调交织在一起听起来令人精神爽朗。这个录音尤其不能忽视乐队伴奏，威尔瑟-莫斯特对维也纳风格的把握十分贴切，那份优雅与舒展，还有戏谑与乐天情绪的渲染都起到推波助澜的作用,所以这张唱片虽然时间不长,却值得反复聆听,甚至可以作为维也纳轻歌剧的入门唱片,对于不常听维也纳轻歌剧的人来说,这样的开始充满了严肃与温情,如果干脆把它看做是歌剧也未尝不可。

艺术歌曲专家

对于一位优秀的艺术歌曲专家来说,曲目的拓宽可能是大势所趋,就像菲舍尔-迪斯考那样。但是汉普森似乎有意回避了勃拉姆斯,他的舒伯特已经完成了《冬之旅》,舒曼已经有两张唱片,马勒也在不同唱片公司发行了专辑。我们在这个纪念系列里听到的是《梅耶贝尔与罗西尼的艺术歌曲》和《直达灵魂——瓦尔特·惠特曼的诗篇》,后者恐怕还不能完全属于艺术歌曲的范畴。梅耶贝尔与罗西尼在歌剧风格上是可以归于一类的,但艺术歌曲的旨趣却大相径庭,不过都一样的精致动听。这些不常见的曲目经汉普森唱出来,娓娓动人,具有亲和力,特别是梅耶贝尔,会有那么精美细腻的小品,好像是专为汉普森体察入微的歌唱而写,杰弗里·帕松斯的伴奏也做到小心翼翼,张弛有度,与歌声完美融合。根据惠特曼的诗篇谱写的歌曲汉普森唱起来当仁不让,他还在歌曲的开头和间歇加入充满情感的朗诵,令他的可爱与可敬又增加几分。这也是要更深度地了解汉普森就必须聆听的一张唱片,其价值绝不低于他的那张《美国梦想家——斯蒂芬·福斯特歌曲集》。

百老汇的精灵

汉普森演唱风格的多样化以及曲目的丰富性还有另外两张畅销专辑为证,一个是《库特·维尔在百老汇》,一个是《夜与日——科尔·伯特的歌曲》,前者选自维尔在百老汇期间创作的音乐剧,后者则包括了伯特为百老汇歌舞演出而作词作曲的歌曲。虽然曲目风格改变了,但汉普森的歌唱风格却并无多少变化,我们完全可以把这些有乐队伴奏的更轻一点的音乐当做轻歌剧来欣赏,汉普森认真而考究的演唱有时还会令人不由自主地联想到"艺术歌曲",而英语的歌词在汉普森那里也显得典雅而富韵味,听起来更轻松,更浑然一体。这两张专辑里有些歌曲另一位强力男中音布莱恩·特菲尔也唱过并录有专辑,但是较之汉普森,则显得表演成分过浓,而且还比较笨重。如论声音条件,特菲尔显然要好于汉普森,但他的声音总是有向下沉的趋势,而汉普森的声音却是轻盈得随时可以飞翔起来的。汉普森的这两个专辑制作相当精美,在我的印象里还没有哪位歌唱家在录制这种有"跨界"之嫌的作品时,会有这样好的乐队伴奏,还有另外几位大牌歌唱家为之伴唱。两个专辑的指挥都是约翰·麦格林,"维尔"用的是伦敦小交响乐团,"波特"用的是伦敦交响乐团,他们在引进爵士的元素之后,都像焕发了青春一般蓬勃激扬,精彩得叫人不敢相信。

彼得·皮尔斯的传人

　　伊安·波斯特里奇，一个生来想入非非、长了一副与哈利·波特接近的怪模样、才识又相当渊博的知识分子歌唱家，年纪轻轻就能够像彼得·皮尔斯那样与布里顿心意相通，达到惊人的默契。

对一个"布里顿迷"来说，听他为男高音谱写的《灵光》和《小夜曲》是一种无比幸福的体验。对于同时还是"彼得·皮尔斯迷"的我来说，听一位酷似皮尔斯的年轻人演唱这两部作品更是一个心潮起伏、无比激动的时刻。伊安·波斯特里奇，一个生来想入非非、长了一副与哈利·波特接近的怪模样、才识又相当渊博的知识分子歌唱家，年纪轻轻就能够像彼得·皮尔斯那样与布里顿心意相通，达到惊人的默契。这难道不是我们这个时代之福？

自从波斯特里奇为 HYPERION 唱片公司录下第一张布里顿以后，对他的期待就不仅是我一个人的事情，甚至关乎整个英国乃至整个世界。波斯特里奇在 EMI 录制的唱片，曲目与 DECCA 四十多年前发行的布里顿和彼得·皮尔斯合作的专辑一模一样，那是作曲家与歌唱家友情的最佳结晶。

波斯特里奇显然是惟妙惟肖地模仿了彼得·皮尔斯，这种模仿充满敬意，其素质之高令人惊叹。波斯特里奇虽然在音色的独特怪异方面不似皮尔斯，却比他更具伸缩性，不仅音质好、纯度高，还更光滑亮丽。

就唱片上的三部作品而言，波斯特里奇有超越前辈的迹象。他将所有深具难度的高音段落都唱得异常漂亮，从容不迫，情感性和思想性充沛饱满，而且始终保持音色的甜美丰润，收放自如。很想套用布鲁诺·瓦尔特感叹传奇女低音凯瑟琳·费丽尔之于马勒《大地之歌》的那句名言："如果布里顿活到今天听到波斯特里奇的演唱，那该是多么令人激动的事啊！"

目前波斯特里奇身上承载了太多英国人的希望，人们总是非常自然地拿他和彼得·皮尔斯相比，不仅在皮尔斯最擅长的布里顿歌剧方面，而且还有舒伯特的艺术歌曲。最近波斯特里奇又涉足巴赫的清唱剧与康塔塔，乐评在对他推崇备至的同时，仍不忘指出他与皮尔斯在演唱福音传教士角色时的很多细微的异同。在我看来，立体声时代的皮尔斯声音已经处于衰退期，虽然在修饰弥补上几近天衣无缝，但聚焦散漫、张力松懈都是无法克服的自然规律。而波斯特里奇的声音不仅准确程度颇高，而且圆润度、鲜活度都是皮尔斯所无法比拟的。

再说皮尔斯擅长的舒伯特《美丽的磨坊女》。我一向认为该曲由男高音演唱比男中音更贴近原作，前者是亲历者，后者是叙述者；前者感同身受，后者冷眼旁观。所以前者永远比后者感人肺腑，是典型的舒伯特情怀与意境。也许皮尔斯阴柔而略显苍老的声音一开始听不习惯，但传奇大师的魅力到底不可抗拒，他可以很轻易地令人感动，而且会越听越喜欢，听来听去，竟然把舒伯特听没了。皮尔斯其实离舒伯特很远，他娓娓动听地叙述，讲述的不过是自己的故事、自己的感觉，他孜孜以求细节的婉转变化，甚至带有自恋的痕迹。他的忧郁、他的感伤，都带有很深的思考性。他不是舒伯特的诠释者，倒像是诗人缪勒的代言人。

说来奇怪，在演唱舒伯特方面声音特质最接近皮尔斯的波斯特里奇，儿时的偶像竟是德国艺术歌曲圣手迪特里希·菲舍尔－迪斯考，不过这至少说明波斯特里奇对舒伯特和舒曼的亲近感差不多与生俱来。

1990年代英国钢琴家格雷厄姆·约翰逊开始了《舒伯特艺术歌曲全集》的录制计划，他把分量极重的《美丽的磨坊女》交给初出茅庐的同胞波斯特里奇，后者那时才三十岁。HYPERION 版的《美丽的磨坊女》还请出了伟大的菲舍尔-迪斯考为波斯特里奇做护法，年届七旬已经退休的老人用纯正老派的德语朗诵序诗和间奏诗，为这个录音增色不少。后来在一次庆贺布伦德尔七十岁生日的音乐会上，菲舍尔-迪斯考再次为波斯特里奇的演唱做诗歌朗诵，能够和偶像以这种方式合作，波斯特里奇实在是幸运到家了。

波斯特里奇同样为 EMI 重新录制了《美丽的磨坊女》，对比两个录音，HYPERION 版因为有菲舍尔-迪斯考，因为波斯特里奇有发乎自然的纯真与稚嫩，我听到的是一种本真的声音，一种天生的气质。2003 年发行的 EMI 版显然更加考究，更代表波斯特里奇演唱的最高成就。他的德语发音更加圆熟，分句更加考究，每一个细节的微妙之处都有精心的处理，根本无法找出瑕疵。不到四十岁的波斯特里奇，已经兼有皮尔斯和菲舍尔-迪斯考的修为和涵养，真不敢想象他还能走多远、飞多高。

放眼当今艺术歌曲领域，波斯特里奇的出现算是一个异数，甚至带有神秘色彩。听着波斯特里奇的舒伯特，看着 DVD 里他演唱的汉斯·维尔纳·亨策的艺术歌曲，脑海里总也逃不掉关于哈利·波特的想象。想想波斯特里奇在剑桥和牛津大学的哲学与历史博士学位论文是关于古代巫术的，似乎他是把魔法学校学到的本领施展到艺术歌曲领域，或者施展到宗教声乐领域，这会发生什么样的结果呢？亦真亦幻？还是神秘而不可知？无论如何，我们感受到了神奇，感受到了艺术的完美境界，也感受到了舒伯特和布里顿甚至皮尔斯的崭新世界。

无可抵挡之魅

即便偶尔听听她唱的理查·施特劳斯《四首最后的歌》和马勒《少年神奇的号角》,感动之余也免不了这样的思路:上帝真是把所有的恩赐都给了她,容貌与气质的美都达到极致,还让她来唱这么伟大的作品,这样的奇迹当真是空前绝后了。

德国女高音伊丽莎白·施瓦茨科普夫已经是那个早已消逝的黄金年代留给我们时代的唯一活人了，要不是几年前出版了自传，许多人想不到她仍健在。她深居简出的隐居生活似乎也努力让人们将她风华绝代的容貌和声音保存在永久的记忆中。"女神"是永远不会老的。

我听施瓦茨科普夫的录音始于十五年前，当时看了一本香港的音响类杂志，里面有印着施瓦茨科普夫玉照的唱片封面，立即惊为天人，以为即便是好莱坞最高贵美艳的明星都无法在气质上与之相比。正好赶上那个时候我购买CD"不要命"，每月发到手里的工资一两天就全部变成CD，剩下的日子就是到处蹭饭吃，"紧衣"是肯定的，但"缩食"倒未必。

言归正传，自从第一眼"见"到施瓦茨科普夫，就"发誓"要赶紧买回她来。最先到手的是雷哈尔的《风流寡妇》以及舒伯特、理查·施特劳斯和沃尔夫的艺术歌曲，前者并不是我喜欢的作品，所以这套播放时间很短的正价版唱片至今也没有完整听过，只是封面上的施瓦茨科普夫是她所有照片里神态最妖冶魅人的，每次瞥上一眼都是怦然心动啊。

施瓦茨科普夫唱的德奥艺术歌曲我倒是听得较多，不过直到今天看来，我也以为她的演唱并无太多过人之处，至少在修养和装饰性方面根本无法和洛特·雷曼、伊丽莎白·舒曼以及莱宁、弗拉克丝塔、迪拉－卡萨等人相比，甚至在声音的宽广度与质感上也比不了年轻一辈的昆杜拉·雅诺薇茨等人。但是，那个时代留下的声音已经很少了，特别是录音效果能够达到满意的。对于声乐的录音来说，音响效果直接关乎到声音是否失真。

在这一点上，施瓦茨科普夫赶上了好时代，而且相对其他歌唱家来说，她的录音机会更多，因为众所周知，她的夫君就是战后古典音乐录音领域的主宰瓦尔特·莱格，给施瓦茨科普夫做伴奏的都是富特文格勒、卡拉扬、埃德温·菲舍尔、杰拉尔德·穆尔、加利埃拉、朱利尼、马塔西奇、赛尔这种级别的人物。他们保证了乐队和钢琴伴奏的水准，在精神性和华丽高贵的气质方面起到了相得益彰的作用。

据我所知，在中国的爱乐者圈子里，把施瓦茨科普夫当做"梦中情人"的不在少数，当然也有"才大于知"的人因为施瓦茨科普夫也曾经是希特勒的"梦中情人"而不依不饶，大加挞伐。不过从莱格年代开始，EMI唱片公司靠施瓦茨科普夫赚得盆满钵满却是事实，几乎每隔一段时间，EMI都要出版一下稍微换换面孔的所谓纪念专辑，不管是什么形式，只要是关于施瓦茨科普夫的唱片，就一定要用她来做封面，唯一例外的是赛尔指挥伴奏、菲舍尔－迪斯考配唱的马勒《少年神奇的号角》，封面用了一幅油画，但是到了日本版，还是上了施瓦茨科普夫的照片，为了这张少见的照片，当然也因为音效有相当程度的改善，我重复购买了这张"日本版"。

细数我所收藏的施瓦茨科普夫的唱片，有时真感觉像是患了强迫症，其实到后来她的录音已经很少听了，因为同样曲目唱得比她好的大有人在，即便偶尔听听她唱的理查·施特劳斯《四首最后的歌》和马勒《少年神奇的号角》，感动之余也免不了这样的思路：上帝真是把所有的恩赐都给了她，容貌与气质的美都达到极致，还让她来唱这么伟大的作品，这样的奇迹当真是空前绝后了。在我看来,施瓦茨科普夫的美已经到了超凡绝俗、不食人间烟火的地步,所以即使我一直觉得她的音域很窄,共鸣也不好,高音发紧吃力,声音的富余从容度都有问题,她的歌声仍然有一种令我销魂的魔力,既有恍若隔世之感,又觉得那么触手可及。

我至今没有看到过施瓦茨科普夫表演歌剧时的舞台形象,甚至实况录音也较少听到,这使我每次听她的唱片时都不免产生一点疑问:到了1950年代以后,也就是瓦尔特·莱格完全掌控EMI时期,施瓦茨科普夫是否就生存在唱片之中?除了艺术歌曲音乐会,她还在歌剧院登台吗?我真的是很喜欢她演唱的《菲德里奥》中的玛泽琳娜、《费加罗的婚礼》中的凯鲁比诺、《唐·乔瓦尼》中的爱尔维拉、《女人心》中的菲奥迪丽姬以及她最负盛名的《玫瑰骑士》中的元帅夫人。这些角色都像是为她天造地设,只需听录音和看剧照,就已经觉得她是最理想的扮演者了。

EMI从前年开始,陆续发行一种以"THE VERY BEST OF……"为题目的系列歌唱家专辑,一套两张,播放时间大多接近极限,曲目选择非常有讲究,确实无愧"VERY BEST"之谓。这套施瓦茨科普夫专辑,对于她演唱的最好的作品应当没有遗漏,特别是她最拿手的歌剧角色、重要的咏叹调都收了进来。当然,《四首最后的歌》只选两首,未免有不过瘾之憾,不过《少年神奇的号角》一首不选,倒省去藏品中曲目重复之虞了,有哪位爱乐者手里还没有这张唱片呢?就专辑的两张唱片评价而言,第一张引人入胜之处要好于第二张,等于是"最好的"

当中的"最好的",有了这张唱片,我就不用再去打开各种"全剧"套装只为想听一两首歌了。而这套唱片的说明书里还有五幅施瓦茨科普夫最美的照片,看看照片,再听她唱的贝多芬、莫扎特和理查·施特劳斯,没有人能够躲过她的征服!不信?谁来试试?

"黑色维纳斯"的辉煌岁月

德国中世纪骑士传奇中的维纳斯堡的爱欲诱惑因"黑色维纳斯"的诞生而增添一项新主题——魔鬼罪恶的诱惑。

我们目前所处的时代,已经很缺少像格蕾丝·班布丽(Grace Bumbry)这样富于传奇色彩的全能歌手了。她以女中音出道,在塑造了数个无可替代的最出色的角色之后,又转而唱女高音,仍然表现精彩,成绩斐然。她是一位出生于美国的黑人,却形象气质圣洁高贵如神祇。我没有主动去了解班布丽是什么时候以何种方式告别歌剧舞台的,只记得她始终保持着最佳状态,似乎在她的演唱和录音生涯中,从来不曾出现过衰退期。她真像一个神话,不断被人传颂议论,却很少有人能够或愿意接近真实。

1960—1970年代的二十年间,仅从歌剧舞台的表演实力而言,班布丽甚至被当做玛丽亚·卡拉斯之后的真正"头牌女角"(prima donna),那是因为她作为一位黑人歌手却演什么是什么,每一个经她演绎过的角色都成为特殊的经典为人津津乐道。有别于同时代的另外两位声名显赫的女高音苔巴尔蒂和萨瑟兰,班布丽所演唱的剧目角色跨度极大,既有《阿伊达》中的阿伊达(女高音)和公主阿姆涅丽斯(女中音),又有《唐豪瑟》中的维纳斯(女中音)与伊丽莎白(女高音),《唐·卡洛斯》中的艾波莉(女中音)和《参孙与达丽拉》中的达丽拉(女中音)更是她的拿手好戏。她塑造的脍炙人口的角色还包括诸如卡门(女中音)、莎乐美(女高音)、图兰朵(女高音)、托斯卡(女高音)、麦克白夫人(女中音)、美狄亚(女高音)等等。

我们生不逢时,未能一睹班布丽的盛年舞台风采,只是通过唱片领略那具有无敌魔力的声音,虽然她最精彩的影像记录——拜罗伊特节日剧院的《唐豪瑟》DVD终于上市,但是,若想全面了解班布丽的声乐艺术，仍然离不开对她唱片的收集。我最近欣赏的班布丽，是DG"原版大师"系列中班布丽"在DG唱片公司的早期录音"（DG 477 5250 DOM3）套装，它可谓班布丽歌唱黄金岁月的"珍稀记录"。值得指出的是，三张唱片里有两张除去几首乃选自歌剧全剧录音外，大多都是三四十年前发行的那几张咏叹调专辑的LP翻版，另外一张是德国艺术歌曲。当然，在DG庞大的"原版大师"套装系列里，三张唱片未免太少，不过作为美国RCA的签约艺人，班布丽也许在DG真的只有这么多存货。可惜！

虽然仅仅三张唱片，却基本上可以窥见班布丽演唱艺术的全豹。从第一张唱片的第一首歌《犹大·玛加比》（亨德尔）开始，班布丽那浑厚结实而磁性十足的天然嗓音就彻底把你俘获了，根本停不下来。接着听下去，格鲁克、马斯卡尼、比才、圣－桑、古诺、柴科夫斯基、威尔第、瓦格纳，还有勃拉姆斯、舒伯特、沃尔夫、理查·施特劳斯的艺术歌曲，无不让你感觉神话原来与现实竟然如此靠近！拥有那样的声音、那样的理解能力、那样的诱惑力量的女人，如果不是天使，就一定是魔鬼了。

遥想当年，瓦格纳的长孙维兰·瓦格纳接受指挥家沃尔夫冈·萨瓦利什的推荐，毅然决定启用班布丽饰演拜罗伊特1962年新版制作的《唐豪瑟》中的爱神维纳斯，掀起何等轩然大波！德国中世纪骑士传奇中的维纳斯堡的爱欲诱惑因"黑色维纳斯"的诞生而增添一项新主题——魔鬼罪恶的诱惑。在这个制作里，因一位演员的表演，差一点瓦格纳的原剧都要被改写。拜罗伊特乃至歌剧界爆发的这一轰动性事件，一夜之间让年仅二十四岁的班布丽成为美国的民族英雄,政府不仅颁给她多枚奖章,肯尼迪总统夫人杰奎琳还以私人身份邀请班布丽到白宫做客演唱。

事实上,班布丽的奇迹决非横空出世全无先兆,首先她有黑人歌唱家独特的生理优势,还有教堂灵歌演唱的经验。在我看来,班布丽一生中最具有转折意义的事件不是在拜罗伊特登台,而是在十几岁的时候遇到了伟大的德国女高音"皇后"洛特·蕾曼,后者在从事教育事业之后便作为善于发现天才的伯乐著称于世。年事已高的蕾曼对班布丽悉心指点,使她不仅在很早的时候接触到大量德奥艺术歌曲,还在很深的层面熟知了德国的文化。

想知道班布丽和蕾曼之间的故事吗?蕾曼在她的日记本里曾这样写道:"我已经找到一颗星星,她将会像玛丽亚·安德森一样有名,而且她是我的发现。"这个日记本蕾曼在弥留之际赠送给班布丽,而此时的班布丽已经是如日中天的巨星。

我们再来看班布丽是怎样述说蕾曼的:"她生来如此,就像是打开电源的开关一样。对我而言是救命的恩典,真是天赐恩典。我从来都说,母亲赋予我的初生,而蕾曼给了我第二次生命。她启发了我的世界之路。"

班布丽的歌声到底有多么神奇?从未听过班布丽歌声的人一定跃跃欲试了。这套"早期录音"的唱片大概是最合适的"入门",因为班布丽在其"女中音时代"塑造的最具标志性意义的歌剧角色、重要唱段几乎都有收录。另外那一张陡了插进一首只有一分多钟的李斯特,完全都是德国艺术歌曲,这是班布丽得蕾曼真传的最具说服力的写照。

通过聆听缅怀不朽的声音

像诺曼这样还未见一点声音衰退迹象就告别舞台的人实在是凤毛麟角,而留下的声音记录则包括了她黄金时代重要的演唱曲目,这是录音工业带给我们的最大福祉。

正当盛年的黑人超级女高音杰西·诺曼宣布退休,多年了,我们确实已见不到她的新演出和新录音。可是就在最近,突然传出消息,她又登台演唱了,虽然不是出演歌剧,也非专场音乐会,但曾经被她的声音迷过的人仍然像传播福音一样津津乐道,为之激动不已。

自从录音技术诞生以后,伟大的歌手无不留下不朽的声音,对于生不逢时的歌迷来说,通过音响重放,不厌其烦地聆赏那些无可替代的美妙歌喉,已经是上帝对人类所创造的美感的最大眷顾了。我们往往不能接受歌手声音衰退的事实,所以当一位歌手因自然规律而宣布引退,就更能博得由衷的同情和深切的理解。说到杰西·诺曼,我们的美好记忆一定停留在她的高峰期,她宣布退休,我们再要领略她风格独特的浑厚富余的歌喉,只能到PHILIPS出版的大量唱片中去寻找。有所不同的是,一个生活在我们时代的年事并不高的艺术家过早引退,虽说是一个遗憾,却更是一件幸事。像诺曼这样还未见一点声音衰退迹象就告别舞台的人实在是凤毛麟角,而留下的声音记录则包括了她黄金时代重要的演唱曲目,这是录音工业带给我们的最大福祉。

2005年是杰西·诺曼六十岁诞辰,从2004年开始,PHILIPS唱片公司陆续出版了代表诺曼重要艺术成就的专辑唱片,总共十套二十张。这里不想占用笔墨对诺曼的歌唱进行评价,因为这二十张唱片能说明一切问题,所以它们的收藏价值自不待言。

虽然资深乐迷经常拿赛尔吉乌·切利比达克讥讽杰西·诺曼的话说事儿,但平心而论,就我们这个时代而言,能够拥有她那样的自然条件以及高超娴熟的演唱技巧的女高音确属凤毛麟角。当然，她最吃亏的是她的舞台扮相，这一点实在不可能与另一位美国黑人女高音格莉丝·班布丽相比，后者当年在拜罗伊特瓦格纳歌剧节以史上首位黑人维纳斯登台，造成空前轰动，最终赢得"最性感黑人女高音"美誉。

正像残疾男中音托马斯·夸斯特霍夫一样，欣赏杰西·诺曼，把一双耳朵准备好便已足够。在这个起点上，她的歌声魅力超群，感人至深，动人的戏剧性和充沛的激情具有十足的杀伤力，任何人都难以抵御。

对于初识杰西·诺曼的人来说，这套唱片可谓她的"歌唱艺术荟萃"，一一聆听下来，可能会爱上每一张。但从编辑角度来看这些唱片，我认为曲目的收入应以诺曼演唱的艺术歌曲、宗教歌曲、圣诞歌曲、黑人灵歌或者演唱会实况为主，不应当收入歌剧选曲。目前收入的瓦格纳的歌剧选曲，不仅要借用DG和DECCA等唱片厂牌的资源，而且还有可能对藏家构成重复购买的负担。如果照这个路数下去，那么诺曼演唱的《卡门》、《乡村骑士》、《费加罗的婚礼》、《迪多与阿涅斯》、《霍夫曼的故事》、《海盗》以及理查·施特劳斯的一些歌剧岂不都要零零碎碎地收入？当然，把斯特拉文斯基的《俄狄浦斯王》整曲收入足以令人惊喜，只是像这么短的作品并不多。

我个人非常喜欢杰西·诺曼唱的理查·施特劳斯和勃拉姆斯，听得比较多的是她的两个演唱会实况，钢琴伴奏都是帕松斯、盖吉和莱文这样的大师级钢琴家。这样的音乐会大多来自著名的音乐节，整体气氛很融洽，诺曼的发挥也非常松弛自如，演唱和伴奏都相当生动热烈。如果从绝对艺术价值的标准衡量，理查·施特劳斯的《四首最后的歌》、瓦格纳的《威森东克的五首歌》以及勋伯格的《期待》和《卡巴莱歌曲》都是值得永远聆听的不朽经典。如果在这个等级上考量，这套唱片恐怕遗漏了诺曼和英国男中音谢利－奎尔克共同演唱的马勒的声乐套曲《少年神奇的号角》，它是一个有很强烈煽动力和冲击力的演绎版本，海丁克指挥阿姆斯特丹音乐厅乐团伴奏。不仅如此，杰西·诺曼与小泽征尔合作也录制了马勒的主要乐队歌曲，那同样是饱含深情、令人动容的绝美演绎。看来，这样的"遗漏"并非不经意，也许不久以后在杰西·诺曼下一个"整数生日"到来之际就会补上。对于我来说，早在十余年前就已经买了正价版，如今价格正好便宜了一半，新一轮唱片消费者再次有福了。

最后再补充一句，无论我是否有缘现场聆听复出后的杰西·诺曼，我都把听她的唱片当做缅怀她不朽声音的一次次既神往又怀旧的美好体验。这，就是音乐为我们生活带来的春光明媚。

我们时代的"施特劳斯演唱者"

　　如此胸有成竹的演绎必然对艾申多夫和黑塞诗句的细节所引出的暗喻有所揭示,而不仅仅停留于对表面情境的感伤悲怀。

美国戏剧女高音热妮·弗莱明就像为演唱理查·施特劳斯而生,她的并非超凡脱俗的美貌和"小家碧玉"的气质是典型的元帅夫人(《玫瑰骑士》)、阿拉贝拉、阿德里亚涅、达芙妮以及海伦(《埃及的海伦》)的扮相,所幸她的嗓子和发声方法也带有明显的"老派"特征,既灵活多变,适应性强,又耽于沉溺、阅尽沧桑。弗莱明毫无疑问是最近二十年为理查·施特劳斯的歌声带来璀璨光华的女高音,她对作品的理解细致入微,她对嗓音的驾驭一丝不苟,她与人为善的虔诚态度几乎赢得所有与她合作音乐家的赞赏。随着弗莱明戏路的不断拓宽,她大概算得上是一位"全能女高音"了,但她还是在努力使每一场音乐会、每一次歌剧表演和每一张唱片录音尽善尽美,这就是我们这些爱好者和聆听者的福分了。

弗莱明曾经在1995年3月与克利斯托夫·埃申巴赫指挥休斯敦交响乐团录过一次《四首最后的歌》,由RCA厂牌发行。在这个DECCA新录音诞生之前,弗莱明已是举世公认的《四首最后的歌》当今最优秀的音乐会演唱者。两年前,弗莱明还来过中国,在余隆指挥中国爱乐乐团的伴奏下演唱了这部近年在中国越来越受欢迎的音乐史上最伟大的乐队歌曲。记得当时音乐会现场气氛极其热烈,弗莱明的歌声与中国爱乐乐团妙曼的弦乐水乳交融,呈现出非常高级的音响色彩。美中不足的是四首歌曲之间总有人按捺不住地鼓掌,作品的连贯性和完整的意境都受到损害,想必弗莱明的情绪也被干扰——她并没有达到她的良好状态,留下的是我们对她下一次莅临的热切期盼。

在弗莱明为数甚多的《四首最后的歌》音乐会中,DECCA

选中并非该厂牌签约专属艺人的克利斯蒂安·蒂勒曼及其指挥的慕尼黑爱乐乐团作为录音的合作者。嘉斯台爱乐大厅的现场实况被 DECCA 的录音师处理得基本没有瑕疵，须知这个穹顶极高音响空旷的音乐厅让多少录音成为噩梦。这是伟大的切利比达克的圣殿，只有他能够在这里控制住乐队的声音，只有他能够在这个不断制造音响噩梦的地方编织出交响乐的梦境。德国新生代指挥家的翘楚蒂勒曼堪称一代大师卡拉扬的衣钵传人，但是他竟然极度崇拜一向轻蔑卡拉扬的切利比达克，这就注定蒂勒曼的艺术造诣有超越乃师的可能。蒂勒曼在柏林年代虽然与柏林爱乐失之交臂，但他与慕尼黑爱乐的"两情相悦"可以看做是1979年切利比达克与慕尼黑爱乐缔结"生死姻缘"的继续。那是多么令人感慨激动的时候！为什么在慕尼黑爱乐乐团面前，切利比达克和蒂勒曼都生出今世"得其所哉"的幸福感？

我2008年9月在旧金山的时候，适逢这张唱片上市，在如此"天作之合"的"卡斯"面前，我的出手从来毫不犹豫。在我看来，正处成熟期或曰巅峰期的弗莱明理应有新的《四首最后的歌》面世，以取代曾经的指挥和乐队都不甚理想的旧版，当然她本人在旧版里的表现也多有不尽人意处，只是在与这个新版相比较时才看得更加清楚。

蒂勒曼"深孚我望"地做尽了管弦乐队的文章，完全不是徒有其表的华丽。他在音乐会现场展现了所有应该听到或应该领会的细节，那深入骨髓的至美足以融化一切，不仅在《四首最后的歌》，还在两部歌剧的片断上，后者更能够发挥蒂勒曼的专长，这才是最"德国"的东西！

对于弗莱明的擅场来说，本张唱片最优秀的部分也一定是《阿德里亚涅在拿索斯岛》和《埃及的海伦》选曲，前者是她即将演出的剧目，她的演唱细致而富情怀，对作品内涵赋予具有提升价值的贡献。弗莱明的气质我总觉得和理查·施特劳斯的夫人波琳很有些近似，有如此"成见"大概可以放心接受弗莱明的并非精神性至上的理查·施特劳斯，相反倒是觉得鲜活而肉感的魅力变得难以抵挡，无论是苦苦等待的阿德里亚涅还是失去神性的海伦，无不袒露"小女人"的心迹，善解人意甚至逆来顺受。弗莱明在很用心地诠释理查·施特劳斯时几乎可以称之为"发明"地扩展了她的低音区，那种带有磁性的浑厚和沉郁既得天独厚又饱含心到意到的控制，这就是弗莱明的修养，与杰茜·诺曼的风格虽有几分相似却在本质上截然不同。我相信，曾经极度厌恶诺曼的《四首最后的歌》的切利比达克应当赞赏弗莱明的演唱，虽风格迥异于切利比达克心目中理想的演唱者贡杜拉·雅诺薇茨，但她的竭尽心力和刻画入微与切利比达克以及蒂勒曼的独特洞察力十分契合，表现力相当丰富的嗓音经常化为一件为指挥驱策的乐器。

新的《四首最后的歌》最大的进步同样来自丰富的音色，这种丰富性非常自然，旧版的局促绝对无法相比。新版在德语的发音方面也有长足进步，不仅有流畅的语感，还敢于细心雕琢，呈现出地道的理查·施特劳斯味道。如此胸有成竹的演绎必然对艾申多夫和黑塞诗句的细节所引出的暗喻有所揭示，而不仅仅停留于对表面情境的感伤悲怀。我在用心聆听这张唱片的几天里，不能免俗地将最近几年诞生的"优秀"版本作了简单的比较，弗莱明显然胜过伊格伦、玛蒂拉、斯图德尔诸人，与伊索考斯基、施迪梅各有所取，然而后两者在乐队方面尚不能与蒂勒曼的慕尼黑爱乐一较短长，我把蒂勒曼的《四首最后的歌》当做切利比达克和卡拉扬的遗产，特别是我至今未能有缘听到切利比达克《四首最后的歌》哪怕是"来历不明"的录音。

英雄凯旋归

一切迹象表明,考夫曼已经踏上多明戈曾经走过的路,不同的是他的时间表大大提前,因为他是负有使命的德国男高音,他最终的归宿一定是瓦格纳。

两年前听到英气逼人的德国男高音约纳斯·考夫曼（Jonas Kaufmann）在DECCA录制的第一张专辑"浪漫的咏叹调"（Romantic Arias）时，就有为他写一篇文章的冲动，只因所谓的"新世纪新三高"的第三人始终处于变数，而前两位弗洛雷兹（Juan Diego Florez）和比亚宗（Rolando Villazon）的地位却越发牢不可破。我当然也清楚，仅凭听一张专辑就认定考夫曼是"新第三高"，说出去必遭"孟浪"、"草率"之讥。接下来令人无法容忍的事情发生在2008年8月的北京，考夫曼竟然作为"配角"与"新三男高"、"新三女高"共同亮相"世纪盛会"。且不说把热妮·弗莱明、安吉拉·乔吉欧和曹秀美相提并论是否合适，那"新三男高"马尔切洛·乔达尼、萨尔瓦托雷·里奇特拉和拉蒙·瓦尔加斯不仅亦有"风马牛"之嫌，而且在我看来最多属当今二流，放在过去则根本不入流。可悲的是如此荒诞的事情还是在信息超级发达的今天发生了，愤慨之余倒是对考夫曼越发敬重有加了。

我的满足最终来自考夫曼在接踵而至的2009年的大红大紫。经历了巴洛克歌剧、法国歌剧、意大利歌剧和德国歌剧的十年历练和洗礼之后，考夫曼以前所未有的清新俊朗扮相和清澈深邃嗓音在巴伐利亚国家歌剧院呈现了史上最激动人心的罗恩格林，这是他作为德国男高音的必由之路，是他歌唱生涯的第一个里程碑，他无愧为伟大的汉斯·霍特和詹姆斯·庆的传人，无愧于他所诞生的城市慕尼黑。

考夫曼能够在年近四旬之际突然如冲破浓云密雾的霞光洒满大地般誉满全球，再次证明伟大的声乐艺术并非如主流媒体的想象臆测那样已经趋向娱乐化和大众化，没有财大气粗的包装和火力集中的炒作，真正的金子同样可以发光，而且会更加持续更加稳定地发光。当考夫曼在纽约大都会歌剧院、柏林国家歌剧院、慕尼黑国家歌剧院、维也纳国家歌剧院、伦敦科文特花园皇家歌剧院和巴黎巴士底歌剧院的表演已经一票难求、价值千金之时，我是多么羡慕那些从十几年前就在苏黎世歌剧院、布鲁塞尔皇家莫奈剧院一连许多场地观赏考夫曼演唱《波佩阿的加冕》（蒙特威尔第），《蒂托的仁慈》、《后宫诱逃》、《魔笛》（莫扎特），《菲拉布拉斯》（舒伯特），《唐·卡洛斯》、《利戈莱托》、《茶花女》（威尔第），《尼娜》（帕西埃洛），《小国王》（洪佩尔丁克），《托斯卡》（普契尼）等风格各异剧目的观众，他们没有受舆论炒作的影响，以平常心接受平常心，享受到最质朴自然的男高音歌唱，当然还有堪比电影明星一般的戏剧舞台形象魅力。

其实，将业已名声大振的考夫曼列为"新三高"不单是名实所归，在我心目中，已经感觉有点委屈。弗洛雷兹虽然实力超群，毕竟戏码和声音风格较窄；而比亚宗即便表现出向巴洛克和戏剧男高音方面的转化，至少在气质上还有相当大的距离，更何况他的几次尝试多因声带出现急症而被迫中断。正像在"老三高"中鹤立鸡群的普拉西多·多明戈早已将帕瓦罗蒂和卡雷拉斯甩落尘埃一样，考夫曼也表现出相同的"全能"态势，即便他当前的成就还不可与多明戈同日而语，但就各种音乐风格的剧目及角色塑造的纯粹性而言，都堪称多明戈之后歌剧奇迹的创造者。他不仅语言没有障碍，音色的变化也出神入化，可以说每一个角色都有深刻的阐释和地道的声音特征。综合考夫曼已经发行的四个录音专辑（另外三个是《莫扎特、贝多芬和瓦格纳》《"真实主义"咏叹调》、《美丽的磨坊女》）和四部歌剧（《尼娜》、《罗恩格林》、《卡门》、《维特》）录像以及乐评来考量他的成就，我们不仅应当欢呼继传奇的弗里茨·翁德里希1966年不幸去世之后又一位德国莫扎特男高音诞生，还要为他在循序渐进的艺术旅程中得以超越翁德里希而最终完成罗恩格林和瓦尔特·冯·施托尔金（瓦格纳的另一部歌剧《纽伦堡的工匠歌手》主人公）的角色塑造而感谢瓦格纳在天之灵的眷顾。多年来我都常常萌生这样的奇怪念头，是否翁德里希三番五次拒绝拜罗伊特的这两个角色的相邀而最终导致他命运的突变呢？毕竟在他将莫扎特的塔米诺王子演唱得炉火纯青之际，没有人怀疑他必然是那个时代最伟大的罗恩格林和瓦尔特·冯·施托尔金，这已经是他的宿命，所以他逃不掉。

今年夏天，考夫曼不出所料地成功登台拜罗伊特，以最贴近人物本色的罗恩格林演唱赢得世界上最挑剔观众的一致喝彩，成为最近十几年拜罗伊特歌剧汇演最光彩照人的男高音。当十年"一求"的拜罗伊特歌剧汇演门票因考夫曼的亮相而可能上升为十二年或十五年"一求"时，那些已经提前十年预订了入场券的幸运者竟然做起了考夫曼即将出演帕西法尔的美梦。当然，作为最优秀的齐格蒙德演唱者之一詹姆斯·庆的徒弟，考夫曼的《女武神》简直呼之欲出。一切迹象表明，考夫曼已经踏上多明戈曾经走过的路，不同的是他的时间表大大提前，因为他是负有使命的德国男高音，他最终的归宿一定是瓦格纳。照此态势发展下去，不出五年，我们就能听到或看到他的特里斯坦，那又该是怎样的幸福和激情时刻呢！

当代乐坛"四杰"速写

在朱利尼和阿巴多相继归隐的今天,扬松斯、拉特尔、蒂勒曼、长野健四大豪杰在不到三年的时间里不约而同地齐集德国这一古典音乐的擂台,这种热闹而繁荣的局面,从卡拉扬1970年代称霸欧洲以来还是第一次出现。

一、西蒙·拉特尔奇迹

因为维也纳新年音乐会的广泛传播，维也纳爱乐乐团毫无疑问已是世界上名气最大的交响乐团。但是，名气最大未必最好。在大多数音乐爱好者心目中，柏林爱乐乐团才是金字塔之尖，是世界上技术最好、声音纯度最高的交响乐团。维也纳爱乐乐团有不设常任指挥的传统，以不变应万变，任何一位客席指挥都无法改变它根本的风格。但是柏林爱乐乐团完全不同，它是一个无时无刻都需要灵魂的乐团，领袖的声音就是它的声音。当然，它的声音是极其稳定的，从乐团整个20世纪的录音里我们听到的大致不出富特文格勒、卡拉扬和阿巴多三种声音。

2002年9月开始，柏林爱乐乐团的声音正式打上西蒙·拉特尔的印记。阿巴多因健康原因离任之后，在与巴伦波伊姆、马泽尔、扬松斯的公平竞争中，拉特尔以绝对优势胜出，这不仅有艺术才华方面的原因，也包含了乐团自身对今后发展前景的期待，也就是说，柏林爱乐希望发出更新、更与众不同的声音。所以，柏林市政府、柏林爱乐的管理层以及乐团的全体乐手一起把选票投给了刚刚从英国伯明翰城市交响乐团卸任的不到五十岁的年轻指挥家西蒙·拉特尔。

20世纪的最后十五年是拉特尔横空出世的十五年。1979年，他以二十五岁的年龄接掌伯明翰城市交响乐团首席指挥的职位，只用不到五年的时间便将一个城市乐团的规格和声望提升到世界水平，成为与伟大的伦敦交响乐团齐名的英国代表性乐团。拉特尔和伯明翰城市交响乐团不仅是城市英雄，受到最高礼遇和拥护，他们的大量录音也通过EMI唱片公司的制作发行成为英国乃至欧美最畅销的古典产品。

无论是在伯明翰还是在EMI唱片公司，拉特尔都像是一个被宠坏了的孩子，他说一不二，大刀阔斧，权力无边，从乐团建设、乐手选拔与用退、人员薪水、音乐厅的设计与建设、音乐季节目的安排、乐团的巡演、录音曲目及独奏家的选用等，都是他一人说了算，稍有不顺心，便以解约相威胁，搞得伯明翰市和唱片商整天提心吊胆。当初力排众议，将其聘进乐团的识马伯乐、乐团总经理史密斯对拉特尔百依百顺，心甘情愿地呵护配合。伯明翰市政府更是成为拉特尔的私人银行，需要多少钱，提出来就是，全部资金按时到位之后，到年底又冒出几百万英镑的赤字，还不是像擦黑板一样一笔勾销。在伯明翰，从政府官员到音乐评论媒体，从富商巨贾到平民百姓，从出租车司机到一般职员，从大学教授到中小学生，就像被施加魔法一样，无一不是拉特尔的忠实拥趸，他们愿意为拉特尔做一切事的劲头甚至超过日本人对小泽征尔。拉特尔奇迹在伯明翰诞生，社会环境果然重要。

当然，拉特尔对伯明翰也是忠贞可鉴，十八年来他基本上不离开这个城市，除非率领乐团进行全英、全欧甚至全球的巡演。以他如日中天的名气，却不担任其他乐团的客席指挥，甚至连一般的客串都不为之，也算对得起伯明翰了。但是，天下没有不散的宴席，十八年的音乐总监，已经够长时间了。所以拉特尔的辞职恰在阿巴多决定不再续约柏林爱乐乐团消息传来之时，也就很能说明拉特尔的志向高远和信心满怀了。

不过，拉特尔的脾气还是没改多少，他已经拿到柏林爱乐乐团的音乐总监兼首席指挥聘书了，还在与柏林政府在乐团预算上讨价还价，人未到柏林却已经在那里设驻代表办事处，整天狮子大开口，稍有不如意便提出另谋高就，急得柏林官员也常常一身冷汗。在此期间，拉特尔以客席指挥的身份频繁指挥维也纳爱乐乐团和柏林爱乐乐团演出，迎来的好评如排山倒海，拉特尔的名字不仅意味着演出票房，他的实况录音唱片也如强心剂注入本已萎靡的唱片市场，掀起古典音乐的又一轮消费高潮。至此，拉特尔的明星效应由英国而欧洲，由欧洲而全球，其本人像一只疯涨的股票，买方再多，柏林政府都将其死死攥住不肯撒手，条件嘛自然是完全满足。

在伯明翰的时候，拉特尔最钟爱的作曲家是马勒、布里顿、海顿和莫扎特，当然他也指挥了大量的现代作品和英国作品。到柏林以后，他的开幕曲目是马勒第五交响曲，但是在接下来的两个音乐季当中就再也见不到马勒了。因为他要适当尊重柏林爱乐的传统，尽可能加大德奥音乐的比重。但是无论他指挥什么音乐，门票都被提前一抢而光。可见，即使你居住在柏林，也未必就能轻易看到拉特尔指挥的音乐会。我有一位朋友完全是通过录音喜欢上拉特尔的，从前年到今年他先后五次去柏林，要么赶上拉特尔恰好不在柏林，要么是在柏林爱乐大厅门口等退票多次未果，总之他始终与拉特尔缘悭一面，好不遗憾。

转眼四年，拉特尔与柏林爱乐蜜月期早已过去，现在无论是观众还是乐手，都在对拉特尔设计的音乐会曲目表示各种各样的看法，在这种"看不懂"的局面下，拉特尔在柏林的日子还会多久呢？

二、拉特尔第一对手——扬松斯

拉脱维亚指挥家马里斯·扬松斯注定要成为拉特尔的第一对手。当初有四人角逐柏林爱乐音乐总监，其他二人其实都是陪衬。老迈的马泽尔连一个纽约爱乐都搞不定，虽被提名为柏林爱乐候选人也只好中途识相退出；巴伦波伊姆身份复杂，在政治上也比较敏感，况且其指挥风格一直处于争议之中，他与柏林的城市英雄蒂勒曼互不买账，势同水火，柏林爱乐既能割爱蒂勒曼，也必然知道放弃巴伦波伊姆的益处。那么剩下的只有扬松斯了。

扬松斯的经历很像传奇指挥家切利比达克。他以卡拉扬指挥比赛第二名出道，做过多年穆拉文斯基在圣彼得堡爱乐乐团的助理指挥，深得这位俄罗斯指挥泰斗的赏识。穆拉文斯基去世以后，扬松斯接掌圣彼得堡爱乐乐团的呼声很高，这是代表俄罗斯最高水平的乐团，其声望可以凌驾于莫斯科所有乐团之上。但是在最后关头，乐团领导层选择了更具有国际背景的地道俄罗斯人尤里·特米尔卡诺夫。扬松斯被迫离开苏联，开始在北欧和美国的指挥生涯。他用将近二十年时间的打磨，使挪威的奥斯陆爱乐乐团成长为世界一流乐团，为CHANDOS和EMI两大唱片公司录制了大量俄罗斯和东欧民族乐派作品，业内评价极高，获奖无数。在最近的七八年中，他又将美国的匹兹堡交响乐团提高至拥有国际声望的地位，在美国的排名大幅度上升，甚至获得过"美国最佳乐团"称号。

过分的劳累使扬松斯的身体在最近几年出了问题。1996年4月，他在指挥普契尼的歌剧《波希米亚人》时突然心脏病发作，所幸抢救及时夺回一条性命。2001年，扬松斯在指挥奥斯陆爱乐乐团演出时再次病倒，连心跳都停止了，靠电击起搏器才起死回生。当他经历过死亡的经验之后，他的音乐更感人，更发人深省。他的音乐会也变为稀世珍宝，令全世界的乐评家和音乐爱好者趋之若鹜。

在柏林爱乐乐团将其列为候选人之后，荷兰的阿姆斯特丹皇家音乐厅乐团和慕尼黑的巴伐利亚广播交响乐团也把他作为音乐总监的第一人选。他在柏林爱乐败于拉特尔的原因很简单，他们同是一家唱片公司（EMI）的专属签约艺术家，拉特尔可以天马行空，在曲目上没有限制；而扬松斯的曲目却被限定在一个非常狭小的空间，除了肖斯塔科维奇就是拉赫马尼诺夫，偶尔有一张巴托克或德沃夏克，简直没有一张德奥作品。所以尽管他的水平举世公认，从唱片工业的商业利益出发，EMI显然更愿意将拉特尔推到世界乐坛之巅。这样一来就便宜了巴伐利亚广播和皇家音乐厅乐团了，这两家超一流乐团共同接受了他，这在历史上都是罕见的现象。

扬松斯以羸弱病躯，将自己摆到强劲对手的位置：在慕尼黑他是蒂勒曼的对手，在德国他是拉特尔的对手，而他所具备的恰恰是与他们完全不同的脾性和音乐风格。他没有蒂勒曼的刻板和单纯，在音乐理念上绝不保守；他也不像拉特尔那样八面玲珑,擅长社交做秀,不厌其烦地排演新作品甚至爵士乐。如果说蒂勒曼是"小卡拉扬",拉特尔是"小托斯卡尼尼",那么已经有权威乐评家在扬松斯身上感受到富特文格勒魂魄的附体。蒂勒曼是德国民族情绪的宣泄口,拉特尔是家喻户晓平易近人的大众明星,扬松斯心中只有音乐,真正内在的音乐表现,他以生命诠释音乐的精髓,在死亡的无常面前不断超越自己。

2003年10月,扬松斯指挥了他在慕尼黑第一个音乐季的开幕,曲目中没有一首德国作品。他将布里顿的《青年乐队指南》演绎成一首真正的变奏曲,在搅成一团的音乐织体中出人意料地发掘出《彼得·格里姆斯》和《比利·巴德》的素材;在斯特拉文斯基的《圣诗交响曲》中,他将空洞苍白的拉丁文赞美诗处理得相当俄罗斯化,带有一种沉重感;柏辽兹的《幻想交响曲》是扬松斯的音乐会保留曲目,但每一次演出都有一些变化,这次他把两架竖琴放到指挥台两边,钟琴和鼓都退到看不见的后台,声音一出便令听众耳目一新。

关于扬松斯对音响效果的追求,有一个他童年时代的故事。他的父亲阿维德·扬松斯是拉脱维亚最重要的指挥家,小扬松斯看父亲排练乐队经常入迷,他在家里最喜欢做的游戏便是一连几个小时用火柴棍摆成大乐队,不断地将它们挪来挪去,煞有介事地用耳朵去听根本不存在的声音,直到满意为止。这个游戏形成的习惯一直伴随他的职业生涯,排练一个新曲目或者到一个新音乐厅,他都要跑上跑下地折腾,将声部的位置换来换去,令乐手苦不堪言。

即使扬松斯可以随心所欲地创造他的音乐,他所面临的困难也是不容忽视的。首先是他的乐团在慕尼黑没有自己的音乐厅，他要运用自己的影响力说服政府尽快建造一个。在此期间他只能率领乐团到处打游击，足迹几乎踏遍欧洲。秋天的时候，他正式接任皇家音乐厅乐团的音乐总监，然后就要南北两头跑了。与此同时，维也纳爱乐乐团和柏林爱乐乐团都已聘他为客席指挥，每年也有数场音乐会。扬松斯当然也不会忘记美国，就算他把音乐会减为每年两场，对他的身体来讲也很够呛。

三、长野健——现代音乐的布道者

刚刚说到扬松斯已经成为西蒙·拉特尔的强劲对手，他要面对同样来自柏林的两位挑战者。据最新消息，蒂勒曼已经辞去柏林德意志歌剧院音乐总监的职位，这意味着从今年秋天开始，他将全心全意地呆在慕尼黑，率领慕尼黑爱乐这个老牌乐团与扬松斯的巴伐利亚广播交响乐团呈分庭抗礼之势。这还不算，马上，柏林德意志交响乐团的领袖长野健也将接替梅塔担任巴伐利亚国家歌剧院的音乐总监。柏林乐坛三大主将有两位移师南下，慕尼黑的音乐生活顿时热闹起来。

以全球影响力论，长野健还不能与拉特尔相比。但是在柏林，四位超级指挥大师却有点捉对厮杀的味道。蒂勒曼和巴伦波伊姆一直在打各种嘴仗和笔仗，而长野健和拉特尔则被公开挑明是艺术上甚至票房上的对手。在柏林的公共场所和主要街道，宣传长野健和拉特尔的广告牌、海报以及旗帜总是放在一起，柏林的一些乐迷也像球迷一样分成两派,从政治、社会以及艺术层面设定种种理由来支持他们心目中的偶像。政府方面显然对长野健及其柏林德意志交响乐团有倾向性,一方面因为这是一个进步神速的新乐团,另一方面它是靠政府全额资助的官方乐团,而不像柏林爱乐那样是一个"自由的艺术共和国"。

2002年9月11日,柏林政府在爱乐大厅举行隆重的纪念音乐会。演出前,德国总统和美国大使都先后致词,然后是长野健登场。他修长挺拔的身形、拉直披肩的长发和儒雅清秀的东方面孔一下子便赚足了印象分数。第一部作品是利盖蒂的无伴奏经文歌,长野健直接站在乐队后边的合唱队面前,用他优雅细腻的修长手指和柔软舒展的臂膀带出了宗教抚慰意味浓郁又充满现代焦虑感的祷告歌声,这个感人的时刻,我相信伟大的作曲家利盖蒂也像所有摒住呼吸的观众一样就坐在下面。接下来的贝多芬第九交响曲是长野健艺术功力与澎湃激情的总爆发,他仍然优雅,但内在能量不断加强,犹如长江大河滔滔不绝,直到登上狂喜欢乐的顶峰。柏林人对长野健的爱戴是无保留的,他们的喝彩好像永远不会停止,这是对一个真实的人的由衷赞美,而且他没有被宠坏,永远那样有教养和平易近人。演出结束后,我和许多人涌到后台指挥休息室,门口排起了长队。我交给长野健从中国带去的礼物,他惊喜得像个孩子,将礼物打开并连声喊在里屋的妻子出来让我认识,二人一起拿着礼物让我拍照,那种随和与真性情无法不令人激动。只在这时候,我发现长野健其实已经老了,一脸的疲惫,很多的白发,似乎内心也并不平静。

能够现场听到长野健的贝多芬其实非常不容易，因为长野健蜚声乐坛主要靠他对现当代音乐的诠释与传播。他之所以未能"誉满全球"，正由于他所签约的唱片公司大多以发行新音乐为主业，比如 NONESUCH、TELDEC、ERATO 等。

长野健与现代音乐结缘始于年轻时与梅西安的一次偶然相遇，后者十分欣赏他的才华，诚邀他指挥《我主基督之变容》的美国首演，后来长野健又带着这部作品去欧洲演出。1983 年小泽征尔指挥梅西安的神圣歌剧《阿西西的圣方济各》世界首演时，长野健被邀请去法国协助。后来他先后在波恩、马德里、伦敦、里昂指挥该剧的城市首演，1998 年指挥萨尔茨堡音乐节的完整首演在 20 世纪演出史上更是具有里程碑意义，DG 唱片公司全球发行了现场录音。

其实，长野健在美国音乐界的地位才最为尊贵，他是指挥演出美国当代作品数量最多的指挥家，特别是对约翰·亚当斯作品的诠释，许多重要录音诸如歌剧《尼克松在中国》、《克林霍夫之死》与《厄尔尼诺》等的问世，使他成为美国当代音乐的第一布道者。长野健热衷上演的歌剧还有《沃采克》、《璐璐》、《莎乐美》、《埃莱克特拉》、《浪子的历程》、《三个桔子的爱情》、《佩利亚与梅丽桑德》等，这些都是 20 世纪的不朽经典。

长野健全名 Nagano George Kent，长期以来有各种译名诸如肯特中野、肯特·纳加诺等等，"长野健"是最近两三年的流行译法。虽然长野健的父亲是日本人，但他的成长及从艺道路与日本完全无关，所以把他当做日本指挥家是极端错误的。

长野健1951年生于美国加州伯克利，从小在农场长大，四岁开始学习钢琴，后来又因兴趣而学了中提琴和单簧管，这两件乐器都有十分迷人的音色。1982年长野健指挥伯克利交响乐团以音乐会形式在美国首演普菲茨纳的歌剧《帕莱斯特里纳》，引起轰动。1989年，他因为对法国现代音乐特别是梅西安作品的权威演绎而被选为加迪纳的继承者，任里昂国家歌剧院首席指挥。1990年被聘为伦敦交响乐团首席客座指挥，同年出任哈勒乐团首席指挥。1991年第一次指挥德意志交响乐团，不久即将该乐团塑造成与柏林广播交响乐团齐名的柏林乐团，2000年至今担任该乐团首席指挥、艺术指导。在他的指挥生涯中先后师从伯恩斯坦、小泽征尔、布莱兹、海丁克和阿巴多等，这种幸运在同代人当中极为少见。

四、"小卡拉扬"蒂勒曼

声望日隆的柏林德意志歌剧院音乐总监克利斯蒂安·蒂勒曼近年无疑是乐坛瞩目的焦点，作为新任慕尼黑爱乐乐团的首席指挥，将与巴伐利亚广播交响乐团的扬松斯、巴伐利亚国家歌剧院的长野健形成鼎足之势，慕尼黑音乐的又一个黄金时代已于今年秋天开幕。

蒂勒曼已经做了多年的柏林城市英雄，将近半个世纪了，古典音乐的旗帜终于重新回到德国人的手中。虽然柏林爱乐乐团的乐手将领路人的重任交给了英国人西蒙·拉特尔，但是只要蒂勒曼有时间和精力,他想指挥多少场柏林爱乐的演出都是没有约束的。数量众多的德国城市乐团为请到蒂勒曼做一次客席指挥已经排起了长队,如愿以偿的当然都是德国最好的乐团。

蒂勒曼素有"小卡拉扬"之称,但几乎不指挥德国以外的作品,这一点限制了他在德国以外的知名度,但对于那些对德国音乐有特殊情结的人来说,蒂勒曼甚至具备了救世主一般的崇高性。当然,对于一个国际化开放式的乐团或者歌剧院来说,蒂勒曼很有可能便是一剂药性猛烈的毒药,他不仅限制了演出的曲目,而且有可能使乐团卷入大德意志民族主义甚至种族主义的漩涡,这大概也是柏林爱乐从一开始就没把他列入候选人名单的原因。恰恰目前在德国有两个地方可以作为他的用武之地,一是他的根据地柏林德意志歌剧院,一是拜罗伊特瓦格纳歌剧节。

2002年8月我在拜罗伊特节日剧院看过他指挥的《唐豪瑟》与《纽伦堡的工匠歌手》,当剧终他率领全体乐队成员登台谢幕时,节日剧院爆发出山呼海啸般的狂潮。无论多么有教养的人,年龄不分大小,都在粗暴而有节奏地跺着地板,掌声一浪高过一浪。不知为什么,他在台上的时候总让我觉得他很无辜,超过一米九十的个头,憨憨的,很害羞地咬着嘴唇,看不出一点高兴的样子。他只是机械地一遍遍被观众召回舞台,没有鞠躬,没有招手,他也许在想:为什么偏偏选中了我?

现任拜罗伊特歌剧节总指导的沃尔夫冈·瓦格纳已将退休提上日程,但是接班人仍没有最后定下来。目前最八卦也最有根据的传言是先让蒂勒曼指挥《唐豪瑟》和《纽伦堡的工匠歌手》

两年，2005年新的《指环》制作再由他指挥。他会变得更加成熟，同时也有可能与瓦格纳与古特伦的女儿凯瑟琳（她出任部分剧目的导演和舞台设计）相处日久暗生情愫。如果两人结合将会使一切顺理成章，歌剧节大权终不会落入外人之手，瓦格纳家族却在艺术方面多了一个无可挑剔的帮手。

听到这样的传言，便有点替蒂勒曼难受。他似乎已经成为家族内部或者外部权力争斗的牺牲品，阴谋不幸选中了他，而他竟像一个特立独行的大男孩一样无所谓。这种脾性可真有一点齐格弗里德的味道。

正是为了准备在拜罗伊特更加隆重的登场，2003年1月至5月，蒂勒曼在柏林德意志歌剧院安排举行了"瓦格纳歌剧季"。在演绎瓦格纳音乐方面，蒂勒曼确实具有征服的力量。他使德意志歌剧院乐队发出的声音层次分明，高音明亮，句法缜密，张力十足。听他的音乐会被紧张度感染，几乎要摒住呼吸。他的真实才华深不可测，那似扣住音乐脉门的魔鬼般的手势决非装模作样。他手持半个多世纪以前流行的那种古典式加长指挥棒，动作迟缓简洁，只有字斟句酌的点，没有行云流水的线，左手的表情稍微丰富一些，也只在控制声部的平衡方面。他没有在美妙的音响中自我陶醉，而是全神贯注使尽浑身力气一个细节一个细节地抠下去。他是一个极其认真的用功男孩，直到挥汗如雨，身体透支，上台谢幕都有点踉踉跄跄站不稳。